KB119836

나이트

La Nuit

나이트
La Nuit

엘리 위젤 지음 · 김하락 옮김

위즈덤하우스

| 일러두기 |

• 독자의 이해를 돕기 위해 옮긴이가 덧붙인 말은 모두 본문에 표기하였으며,
  각주는 편집자의 주석이다.

부모님과 여동생 치포라의 영전에 이 책을 바친다.

엘리 위젤

그 밤 속으로 사라져간 조부모님,

압바, 사라, 나흐만의 영전에 새 번역본을 바친다.

매리언 위젤

목차

어제 침묵을 지킨 사람은
내일도 침묵을 지킬 것이다

평생 책을 한 권밖에 쓰지 못할 운명을 타고났다면 이 책이
바로 그 책이 될 것이다. 과거가 현재에 미련을 품고 뭉그적거
리는 것처럼《나이트》이후에 나온 책들(성경과 탈무드, 하시드•
를 주제로 다룬 책)에는 이 책의 흔적이 진하게 배어 있어, 나의 첫
작품인 이 책을 읽지 않고는 어느 것도 제대로 이해할 수 없다.

• 하시디즘(Hasidism)은 히브리어로 경건한 자, 신의 약속을 수호하는 사람을 뜻
하는 '하시드(chassid)'에서 비롯된 유대교 분파다. 18세기 동유럽 국가에서 시
작되었으며, 종교적 보수주의와 사회 분리를 주장하는 폐쇄적이고 엄격한 성향
이 특징이다.

나는 왜 이 책을 썼던가?

미치지 '않으려고' 썼던가? 그와는 반대로 인류의 의식과 역사 속에서 분출한, 그 엄청나고도 끔찍한 광기의 본질을 이해하느라 '미쳐'버린 것일까?

아니면 아픈 역사를 반복하지 않도록 기록을 남겨두려고 썼던가?

이도 저도 아니라면, 책을 통해서만 죽음과 악을 알 수 있던 사춘기 시절에 겪은 시련을 기록으로 남기려는 것에 지나지 않는가?

내가 이 책을 쓰려고 살아남았다고 말하는 사람들도 있지만, 그들의 말이 맞는다고 자신 있게 말하진 못하겠다. '어떻게' 살아남았는지는 나도 모른다. 나는 허약하고 소심했으며 살아남으려고 발버둥 치지도 않았다. 그렇다면 기적인가? 기적이라고 할 수는 없다. 하나님이 누군가에게 기적을 베풀 수 있었거나 베풀려고 했다면 나보다 가치 있는 사람에게 그렇게 하지 않았을 이유가 없지 않은가? 우연이라고 볼 수밖에 없다. 아무튼 살아남은 나는 무언가 의미 있는 일을 해야만 했다. 그 때문에 별 의미도 없는 체험담을 기록으로 남기려고 했던가?

돌이켜 보면, 나는 이 기록으로 무엇을 성취하려는지 몰랐고 지금도 모른다고 고백하지 않을 수 없다. 내가 아는 것이라고는 이 증언이 없었더라면 작가로서의 삶은 말할 것도 없고 내 삶 자체가 지금 같지는 않으리라는 것뿐이다. 그 범죄가 인류의 기억 속에서 지워지지 않게 증언함으로써 범죄자가 최후의 승리를 맛보지 못하도록 해야 하는 도덕적 의무가 있다고 믿는 증인의 삶을 살아오지 않았을지도 모른다.

최근에 발견된 문서 덕분에 지금은 누구나 나치가 권력을 장악한 초기부터 유대인이 발붙일 땅이 없는 사회를 건설하려 했음을 알고 있다. 나치는 정권 말기에 목표를 바꾸어 유대인의 씨를 말린, 폐허가 된 세상을 물려주기로 결정했다. 이에 따라 나치 기동부대는 집단 학살을 자행하여 러시아, 우크라이나, 리투아니아 도처에서 남녀노소 할 것 없이 100만 명이 넘는 유대인에게 기관총을 난사했고, 희생자들이 직접 판 거대한 묘혈에 그들을 던져 넣었다. 그러고 나면 특수부대가 시체를 파내어 불태워버렸다. 그래서 역사상 처음으로 유대인들은 두 번 죽음을 당하고도 묘지에 묻히지 못한 사람이 되었다.

히틀러와 그의 공모자들이 일으킨 전쟁이 유대인 남자와 여자, 어린이를 상대로 한 전쟁이면서 동시에 그들의 종교, 문화, 전통에 대한 전쟁, 다시 말해 유대인을 사람들의 기억에서 지워 없애려는 전쟁이었다는 것은 분명하다.

（

　나치가 언젠가 역사적 심판을 받으리라는 걸 확신하면서도
나는 증언을 해야 한다고 느꼈다. 해야 할 말이 많은데도 아
무 말도 하지 않았다는 것 또한 알았다. 자신의 한계를 뼈저리
게 느낀 나는 언어가 방해물이 되어가는 걸 그저 보고만 있었
다. 새로운 언어의 필요성을 절실히 느꼈다. 그러나 범죄자들
이 저버리고 왜곡한 단어를 무슨 수로 되살린단 말인가. 굶주
림, 갈증, 공포, 수송, 선별 작업, 불, 굴뚝. 나치 시대에는 이 단
어들이 모두 원래 뜻과는 다른 의미로 쓰였다. 그 무렵 소멸
해가던 본국어●로 글을 쓰던 나는 한 문장 쓰고 쉬었다가 다
시 쓰기를 되풀이했다. 그러면서 다른 단어, 다른 이미지, 다른
말 없는 외침을 떠올렸다. 하지만 어느 것도 적절하지 않았다.
‘그것’은 정확히 무엇을 말하는 것일까? ‘그것’은 빼앗길까 봐,
모욕당할까 봐 은밀히 숨어 있어 감을 잡기 어려운 것이었다.
사전에 있는 단어는 죄다 말라붙고 창백하고 활기 없는 말처
럼 여겨졌다. 밀폐된 가축 수송용 열차를 타고 가는 마지막 여
행, 죽음으로 치닫는 마지막 여행을 어떻게 묘사한단 말인가.

● 이디시어(Yiddish language). 중부 및 동부 유럽 출신 유대인이 사용하는 언어로,
많은 이디시어 사용자들이 나치의 유대인 집단 학살의 희생자가 되었다.

비인간적인 것이 인간적인 것이 되고 제복 차림의 잘 훈련되고 교육받은 사람들이 사람을 죽이는 세계, 죄 없는 어린이와 허약한 노인이 죽어가는 얼음장같이 차디찬 미친 세계를 어떻게 묘사한단 말인가. 불길이 치솟는 밤에 벌어진 그 많은 이별, 가족이나 친지들과의 가슴을 쥐어뜯는 듯한 생이별은? 믿을 수 없는 일이라 하겠지만 슬픈 미소를 머금은, 아리땁고 얌전한 금발의 유대인 소녀가 도착한 날 밤에 어머니와 함께 처형되어 사라진 것은? 생각만으로도 온몸이 떨리고 가슴이 미어지는 이런 일들을 어떻게 말할 수 있을까?

원한에 사로잡힌 그 목격자는 당시에, 지금도 마찬가지지만, 자신의 증언이 받아들여지지 않을 거라고 생각했다. 어쨌든 이 책은 인간 영혼의 가장 어두운 부분이 낳은 사건을 다루고 있다. 이것은 아우슈비츠•를 경험한 사람만이 알고 다른 사람들은 결코 알지 못하는 이야기다.

다른 사람들은 이해하려고나 할까?

약자를 돕고 아픈 사람을 치료하고 어린이를 보호하고 노인의 지혜를 존경하는 것을 당연히 여기는 사람들이 그곳에서

• 폴란드 남부에 위치한 도시. 나치가 세운 강제수용소 중 가장 큰 규모의 '아우슈비츠 수용소'가 세워졌으며, 학살 사실을 은폐하기 위해 기록을 말살한 탓에 정확한 희생자 수를 파악할 수 없다.

벌어진 일들을 이해할 수 있을까? 그런 사람들이 지배자가 약자를 고문하고 어린이, 병자, 노인을 학살하는 그 저주받은 세계를 이해할 수 있을까?

그렇다 해도 그런 일을 겪고 살아남은 사람으로서 침묵을 지킬 수는 없었다. 입을 여는 것이 불가능한 경우가 아니라면 아무리 상황이 어려워도 입을 열어야 한다.

그래서 입을 열었다. 그렇지만 나는 말을 감싸고 있고 나아가 말을 초월하는 침묵을 더 신뢰했다. 유골로 뒤덮인 비르케나우 벌판이 비르케나우●에 대한 어떤 증언보다 중요하다는 사실을 한시도 잊은 적이 없다. 말로는 형언하기 어려운 것을 어떻게든 명확히 표현하려고 애썼지만 여전히 그 한계를 절감했기 때문이다.

그 때문에 프랑스의 위대한 가톨릭 작가이자 노벨문학상 수상자인 프랑수아 모리아크François Mauriac가 사방팔방으로 뛰어다녔는데도 내 원고(이디시어로 쓴 〈사람들은 침묵을 지켰다〉라는 제목의 원고. 프랑스어로 번역되었다가 나중에 영어로도 번역되었다)는 프랑스와 미국의 주요 출판사에서 퇴짜를 맞은 걸까?

● 아우슈비츠 수용소는 1호, 2호(아우슈비츠-비르케나우), 3호(아우슈비츠-모노비츠)로 이루어져 있다. 저자인 엘리 위젤이 수감된 곳은 2호 아우슈비츠-비르케나우 수용소다.

모리아크가 몇 개월에 걸쳐 출판사를 직접 찾아가기도 하고 편지를 보내기도 하고 전화를 걸기도 한 끝에 가까스로 내 원고는 빛을 보게 되었다.

내가 많은 부분을 삭제했는데도 이디시어 원본은 분량이 적지 않았다. 규모는 작지만 유명한 출판사 '에디시옹 드 미뉘 Éditions de Minuit'의 편집장 제롬 랭동Jérôme Lindon이 프랑스어판을 편집하면서 또 많은 부분을 삭제했다. 나는 랭동의 의견을 받아들였다. 중요한 것은 내용이니까. 그렇지 않아도 하고 싶은 말을 다 하지 못하지는 않았을까 하는 점보다 말을 너무 많이 하지는 않았는지 걱정하고 있던 터였다.

예를 들면 이디시어 원본은 이런 냉소적인 문장으로 시작한다.

태초에 믿음이 있었고(이 말은 유치하다), 신뢰가 있었고(이 말은 쓸데없다), 착각이 있었다(이 말은 위험하다).

우리는 하나님을 믿었고, 다른 사람을 신뢰했고, 누구나 셰키나 Shekhinah●의 불에서 나온 성스러운 불꽃을 지니고 있고 눈과 영혼 속에 하나님의 모습을 담고 있다는 착각 속에서 살았다.

'이것' 때문에 우리가 시련을 겪었다고 할 수는 없지만 '이것'이

● '사는 것', '머무는 것'을 뜻하는 히브리어. 하나님이 함께하는 곳이라면 어디든 셰키나가 있다.

빌미를 제공한 것만은 분명하다.

　이디시어 원본에는 아버지의 죽음과 해방에 관해 자세히 언급되어 있다. 번역본에는 이런 내용이 왜 빠졌을까? 너무 사적인 이야기여서 그랬을지도 모른다. 그런 내용은 행간에 숨어 있는 것으로 충분하다. 그러나…….

　나는 인생에서 가장 끔찍했던 그날 밤을 기억한다.
　"엘리저, 이리 와봐. 할 말이 있어. 너한테만 하고 싶은 말이 있어. 이리 와봐. 날 버리지 마, 엘리저."
　나는 아버지의 목소리를 들었다. 아버지가 무슨 말을 하는지, 그 순간이 얼마나 비극적인 상황인지도 알고 있었다. 그러나 나는 꼼짝도 하지 않았다.
　영혼이 갈가리 찢긴 육체를 떠나려는 그 순간에 어떻게 해서든 나를 당신 곁에 두고 싶어 한 것이 아버지의 마지막 바람이었다. 그런데도 나는 아버지의 간절한 바람을 외면했다.
　나는 두려웠다.
　구타당할까 봐 두려웠다.
　그래서 아버지의 마지막 부탁을 외면했다.
　나는 구차한 목숨을 내버릴 각오를 하고 아버지에게 달려가 손을 잡고서 "내가 곁에 있어요. 아버지는 버림받지 않았어요. 아버지 심정 잘 알아요"라는 말로 아버지를 안심시켜 드리지 못했다. 그러기는커녕 날 그만 부르게 해달라고, 제발 울음을 그치게 해달라고 속으로 하나님께 빌었다. 나치 친위대의 분노를 사게 될까 봐 그만큼 두려워한 것이다.

사실 그때 아버지는 의식도 없었다.

그렇지만 하소연하는 듯하기도 하고 가슴을 찢어발기는 듯하기도 한 아버지의 목소리는 정적을 가르며 나를, 나만을 계속 불러댔다.

"이놈 봐라."

나치 친위대는 노발대발하며 아버지의 머리에 일격을 가했다.

"닥쳐! 이놈의 늙은이가, 조용히 못 해!"

아버지는 곤봉으로 얻어맞고도 아무것도 느끼지 못했다. 나는 그 아픔을 느꼈지만 꼼짝도 하지 않았다. 나치 친위대가 아버지를 구타하도록 내버려두었고, 아버지가 죽어가도록 방치했다. 어디 그뿐이던가. 소리 지르면서 시끄럽게 굴어 나치 친위대의 분노를 산 아버지에게 속으로 화를 내기까지 했다.

"엘리저! 엘리저! 이리 온. 날 버리지 마라."

아버지의 목소리는 아득히 멀리서 들려오기도 하고 가까이서 들려오기도 했다. 나는 꼼짝도 하지 않았다.

그런 나 자신을 결코 용서하지 않을 것이다.

또 나를 궁지에 몰아넣고 낯선 사람에게 내맡기고 내 안에 잠자고 있던 비열하고 원시적인 본능을 일깨운 세상도 결코 용서하지 않을 것이다.

아버지는 마지막으로 나를 부르고는 숨을 거두었다. 나는 그 순간에도 여전히 꼼짝도 하지 않았다.

이디시어 원본은 거울에 비친 내 모습이 아닌, 현재에 대한 음울한 단상으로 끝난다.

부헨발트*의 악몽을 겪은 후 10년도 채 되기 전에 나는 세상 사람들이 그 일을 잊어간다는 걸 알았다. 이제 독일은 주권국가가 되었고, 독일군은 재건되었다. 악명 높은 부헨발트의 사디스트 괴물 일제 코흐^{Ilse Koch}**는 자식을 낳고 행복하게 살고, 전범들은 함부르크나 뮌헨의 거리를 느긋하게 돌아다닌다. 과거는 지워지고 망각 속으로 사라진 듯이 보인다.

지금은 독일, 프랑스는 말할 것도 없고 심지어 미국에도 반유대

● 나치가 세운 강제수용소 중 한 곳. 엘리 위젤과 그의 아버지는 아우슈비츠-비르케나우 수용소에서 부헨발트 수용소로 이동되었다.
●● 부헨발트 수용소와 마이다네크 수용소를 관리한 카를-오토 코흐^{karl-otto koch} 수용소장의 아내. '부헨발트의 붉은 마녀'라는 별명을 갖고 있다.

주의자가 있다. 이들은 유대인 600만 명이 학살되었다는 '이야기'
가 날조된 것이라고 떠들어댄다. 사정을 모르는 많은 사람들은 결
국 이들의 말을 믿게 될 것이다. 오늘이 아니더라도 내일이나 모레,
언젠가는.

나는 이 얇은 책이 역사의 흐름을 바꾸어놓거나 사람들의 의식
을 흔들어놓으리라고 믿을 만큼 순진하지는 않다.

책은 예전처럼 위력을 발휘하지 못한다.

어제 침묵을 지킨 사람은 내일도 침묵을 지킬 것이다.

(

독자들에게는 45년°이 지나서야 새로운 번역본이 나오게
된 이유를 물을 권리가 있다. 이전 판이 그다지 충실하지 않다
면 오랜 세월을 기다렸다가 이제 와서 새삼 충실한 책을 내는
이유는 무엇인가?

당시 나는 새내기 무명작가였다고 대답할 수밖에 없다. 내
영어 실력은 형편없었다. 영국인 출판업자가 역자를 구해놓

° 프랑스어로 1958년 출간된 《나이트》가 처음 영어로 옮겨진 것은 1960년이다.
이후 엘리 위젤의 반려자 매리언 위젤이 새롭게 옮긴 영어 번역판이 2006년에
출간되었다.

았다고 했을 때는 무척 기뻤다. 나중에 그 번역본을 읽어보았다. 번역은 괜찮은 것 같았다. 그러고는 다시는 읽어보지 않았다. 그 후로 내가 쓴 책들은 누구보다도 내 마음을 잘 알고 내 글을 잘 이해하는 아내 매리언이 번역했다. 나는 운이 좋았다. 출판사 '파라, 슈트라우스 앤 지루Farrar, Strauss & Giroux'에서 번역을 의뢰했을 때 아내는 기꺼이 받아들였다. 나는 독자들이 아내의 번역본을 쉽게 이해할 거라고 확신한다. 실제로 아내가 원고를 꼼꼼히 손질해준 덕분에 나는 중요한 사항만 바로잡으면 되었다.

그래서 오래전에 써놓은 이 텍스트를 다시 펴낼 때 오래 기다리지 않아도 되어 기뻤다. 그럼에도 적절한 단어를 구사했는지 의구심을 떨칠 수 없다. 나는 당시에 그곳에서 겪은 첫날 밤을 이야기한다. 철조망 안쪽에서 벌어진 일, 아버지는 실제보다 적게 나는 실제보다 많게 나이를 속이라고 하던 고참 수감자의 충고, 선별 작업, 무심한 하늘 아래 어렴풋이 보이는 굴뚝을 향해 가던 행군, 불구덩이에 내던져진 젖먹이들을 이야기한다. 나는 그 젖먹이들이 '살아 있다'고 말하지는 않았지만, 살아 있다고 생각했다. 그렇지만 곧 죽었다고 생각을 바꾸었다. 그렇게 하지 않았다면 틀림없이 미쳐버렸을 것이다. 같이 수감되어 있던 사람들도 그 젖먹이들을 보았다. 젖먹이들은 불구덩이에 던져질 때만 해도 살아 있었다. 역사가들도 이 사실을 확인했고, 텔퍼드 테일러Telford Taylor(뉘른베르크 전범 재판 때의 기소위원장—옮긴이)도 이 사실을 확인했다. 그런데도 어쨌든 나는 미치지 않았다.

(

이 글을 마무리하기 전에, 책에도 사람과 마찬가지로 운명이 있음을 절감했다는 사실을 강조하고 싶다. 읽고 나서 슬퍼지는 책도 있고, 즐거워지는 책도 있고, 기쁨과 슬픔을 함께 느끼게 되는 책도 있다.

나는 47년 전《나이트》가 프랑스어로 출간되기 전에 이 책 때문에 겪은 어려움을 이야기한 적이 있다. 서평은 대개 좋은 편이었으나 책은 별로 팔리지 않았다. 소름 끼치는 주제를 다룬 탓인지 아무도 관심을 보이지 않았다. 랍비가 설교 중에 어쩌다 이 책을 언급하면 "유대인이 과거에 겪은 비극으로 우리 자식들에게 짐을 지우는 것은 현명하지 않다"고 불평하는 사람도 있었다.

그 후 사정이 크게 달라졌다. 뜻밖에도 사람들이《나이트》에 관심을 보이기 시작했다. 지금은 미국을 비롯해 여러 나라의 고등학생과 대학생이 교과과정의 일부로 이 책을 읽는다.

이런 현상을 어떻게 설명해야 할까? 무엇보다도 사람들의 태도가 크게 달라졌다. 제2차 세계대전이 발발하기 전이나 전쟁 중에 태어난 50, 60대들은 명칭이 부적절한 홀로코스트•에 관심이 없었다. 하지만 이제는 그렇지 않다.

당시에는 이런 주제를 다룬 책을 출간하려는 출판사가 별로 없었다. 지금은 웬만한 도서 목록에 이런 책이 모두 올라 있다. 학계도 사정은 마찬가지다. 당시에는 이런 주제를 가르치는 학교가 별로 없었다. 지금은 많은 학교에서 가르치고 있다. 뿐만 아니라 기이하게도 이런 주제가 유달리 인기를 끌고 있다. 아우슈비츠라는 주제는 문화의 주류가 되었다. 이를 다룬 영화, 연극, 소설이 나오고 국제회의와 전시회가 열리고 주요 정부 책임자가 참석하는 연례행사가 개최된다. 워싱턴 D. C.에 있는 홀로코스트 기념관이 주목할 만한 예다. 1993년에 개관한 이래 2200만 명이 넘는 사람이 그곳을 찾았다.

생존자들이 하루가 다르게 줄어들어 곧 사라질 기억을 함께한 다는 생각에 매료되어서 그곳을 찾는지도 모른다. 결국에는 홀

• 고대 유대교에서 제물을 신에게 바치는 제사 또는 그 제물을 의미하는 말이었
지만, 현대에 와서는 나치 독일이 행한 유대인 집단 학살을 가리키는 말로 널리
쓰이고 있다. 제물이라는 의미에서 명칭이 부적절하다는 비판이 있다.

로코스트에 대한 기억, 자료, 그리고 그 결과만 남을 것이기에.

악몽 속에서 살아남은 생존자에게는 죽은 사람뿐 아니라 살아 있는 사람을 위해서도 증언할 의무가 있다. 그에게는 미래 세대에게서 우리의 집단 경험에 속하는 과거를 빼앗을 권리가 없다. 잊는다는 것은 위험하기도 하지만 모욕적이기도 하다. 홀로코스트에 희생된 사람들을 잊는 것은 그들을 두 번 죽이는 것과 같다.

☾

'아우슈비츠에 대한 반응'을 아느냐는 질문을 이따금 받는다. 그러면 모른다고, 그 엄청난 비극에 대한 반응이 있는지 없는지조차 모른다고 대답한다. 책임에 대한 '반응'이 있다는 것은 알고 있다. 매우 가깝기도 하고 까마득히 멀기도 한 이 악과 어둠의 시대를 이야기할 때는 '책임'이 키워드다.

증인은 증언하도록 자신을 다그친다. 현재를 살아가는 젊은 이와 앞으로 태어날 아이를 위해. 증인은 자신의 과거가 이들의 미래가 되기를 바라지 않는다.

엘리 위젤

하나님이 정말 하나님이라면
우리 모두를 위한 마지막 말은 '하나님'에게 속한다

가끔 외국 기자들이 찾아오면 툭 터놓고 말하고 싶은 마음
과 프랑스를 호의적으로 보는지 어떤지도 모르는 기자들 손에
무기를 내맡기는 것이 아닌가 하는 두려움 사이에서 고민한
다. 그래서 기자들과 같이 있을 때는 경계심을 늦추지 않는다.
그렇지만 그날 아침 인터뷰하러 온《텔아비브Tel Aviv》의 젊
은 유대인 기자는 한눈에 나를 사로잡았다. 우리는 금방 사적
인 이야기를 나누게 되었다. 나는 나치 점령기에 겪은 일들을
들려주었다. 그러나 우리에게 많은 영향을 주고 또 개인적으
로 분노를 불러일으킨 사건은 아니었다. 나는 그 암울한 시기

에 목격한 것 중에서 유대인 어린이를 가득 싣고 아우스터리츠 역에 정차해 있던 가축 수송용 열차만큼 인상에 남는 것은 없다고 젊은 방문객에게 털어놓았다. 그렇지만 내 눈으로 그 열차를 본 것은 아니었다. 끔찍한 충격에 사로잡혀 그 사실을 전해준 사람은 아내였다. 그 무렵 우리는 나치의 유대인 말살 정책에 대해 아는 것이 없었다. 그것은 상상도 못 할 일이었다. 그러나 그 어린양들은 부모와 생이별을 했다. 정말 상상조차 할 수 없는 만행이었다. 나는 그날 한 시대를 마감하고 다른 시대를 여는 불가사의한 죄악을 인식하게 되었다. 18세기에 한 서양인이 품은 꿈, 1789년에 어렴풋이 나타나 계몽주의와 과학적 발견 덕분에 1914년 8월 2일까지 점차 뚜렷해진 꿈은 열차에 가득 실린 그 아이들 앞에서 사라졌다. 그러나 그때만 해도 나는 그 아이들이 가스실과 화장장의 먹이가 되리라고는 꿈에도 생각하지 못했다.

그때 기자에게 그렇게 이야기한 것 같다. 내가 한숨을 푹 쉬며 "그 아이들이 머릿속에서 떠나지 않습니다"라고 말하자 기자는 "제가 바로 그 아이들 중 한 명입니다"라고 대꾸했다. 이 기자가 그 아이들 속에 있었다니! 그는 어머니와 귀여운 여동생이 살아 있는 사람을 연료로 때는 용광로 속으로 사라지는 것을 보았다고 했다. 또 아버지가 고통받는 것을 매일 지켜

본 것은 물론 결국에는 죽는 모습까지 두 눈으로 똑똑히 보았다고 했다. 어떻게 죽어갔는가! 이 책에는 소년의 아버지가 죽어가는 모습이 나온다. 이 책을 읽어보면 누구나 안네 프랑크Anne Frank의 《일기》를 읽은 수많은 사람들처럼 그 실상을 보게 될 것이고, 이 소년이 어떤 기적의 힘으로 죽음을 모면했는지도 알게 될 것이다.

나는 이미 다 알고 있다고 생각할지도 모르는 혐오스러운 사건들을 묘사한 이 개인적 기록이 여느 책들과는 달리 매우 독특한 것이라고 단언한다. 이 책의 저자는 트란실바니아의 시게트라는 마을에 살던 유대인의 운명, 아직 불운한 운명에서 달아날 시간적 여유가 있었을 때 그들이 보여준 무분별함, 운명에 굴복한 그들의 믿을 수 없을 만큼 소극적인 태도, 학살을 모면한 목격자가 전하는 경고와 호소에 귀를 막은 그들의 우둔함(시게트의 유대인들은 목격자의 말을 믿기는커녕 오히려 그를 미친놈이라고 몰아세웠다) 등을 자신의 눈으로 직접 목격한 것과 결부시키고 있다. 이러한 상황이 결국 다른 책과는 비교할 수 없는 글을 쓰도록 한 배경이 되었을 것이라고 생각한다.

내 관심을 끈 것은 이 특이한 책의 내용이다. 이 책에서 자신의 이야기를 들려주는 소년은 하나님의 선택을 받은 사람 중 하나다. 이 소년은 철들 무렵부터 《탈무드》를 공부하고 카발라Kabbalah(고대 유대교의 신비주의—옮긴이)에 심취하는 등 오로지 하나님을 위해 살았고, 일찍이 하나님에게 헌신하는 삶을 살기로 마음먹었다. 이 책이 덜 충격적인 만행을 담고 있기를 기대하는 우리 신앙인들은 느닷없이 절대 악에 직면한 소년의 영혼에서 신의 죽음을 목격하고 충격을 받게 될 것이다.

검은 연기, 곧 사랑하는 여동생과 어머니가 수천 명에 이르는 희생자들의 뒤를 이어 내던져진 용광로에서 내뿜는 연기가 하늘로 솟아오르는 것을 보았을 때 소년의 마음이 어땠을지 한번 상상해보자.

내 삶이 일곱 겹으로 봉해진 하나의 긴 밤이 되어버린 그날 밤, 수용소에서 맞은 첫날밤을 결코 잊지 않으리라.

그 연기를 결코 잊지 않으리라.

몸뚱이가 고요한 하늘 아래 연기로 바뀌어버린 어린이들의 얼굴을 결코 잊지 않으리라.

내 믿음을 영원히 불살라버린 그 불꽃을 결코 잊지 않으리라.

살고자 하는 마음을 영원히 앗아간 밤의 침묵을 결코 잊지 않으리라.

하나님과 내 영혼을 죽이고 내 꿈을 잿더미로 만들어버린 그 순간들을 결코 잊지 않으리라.

하나님만큼 오래 산다 하더라도 이것들을 결코 잊지 않으리라.

결코 잊지 않으리라.

그제야 비로소 나는 이 젊은 유대인을 처음 보았을 때 받은 인상이 어떤 것인지 이해했다. 이 소년은 나사로처럼 죽은 사람 가운데서 살아나기는 했지만, 길을 잘못 드는 바람에 훼손된 시체에 걸려 비틀거리며 걷던 그 음산한 곳에 아직도 사로잡혀 있었다. 이 소년에게는 신은 죽었다는 니체Nietzsche의 절규가 생생한 현실로 나타났다. 사랑의 하나님, 은총의 하나님, 위로의 하나님, 그리고 아브라함, 이삭, 야곱의 하나님이 이 소년이 차분히 지켜보는 가운데, 어떤 우상보다도 탐욕스러운 인종차별이라는 우상에 의해 자행된 살육의 연기 속으로 영원히 사라진 것이다.

이렇게 죽어간 신앙심 돈독한 유대인이 얼마나 많을까? 슬픈 천사의 얼굴을 한 어린이가 교수형 당하는 것을 목격한 날, 무시무시한 날들 중에서도 가장 소름 끼치는 그날 소년은 뒤에 있던 어떤 사람이 신음하듯 내뱉는 말을 들었다.

"하나님은 어디에 있는가?"

그때 내 안에서 어떤 목소리가 대답하는 것을 들었다.

"하나님이 어디 있느냐고? 여기 교수대에 매달려 있지."

유대력으로 한 해의 마지막 날, 이 소년은 로시 하샤나^{Rosh} Hashanah(유대교의 신년제—옮긴이) 의식에 참석했다. 소년은 수천 명의 노예가 "주여, 축복받으소서!"라고 한목소리로 외치는 것을 듣는다. 얼마 전만 해도 소년 역시 숭배하고 경외하고 사랑하는 마음으로 무릎을 꿇었다. 그러나 이날 소년은 무릎을 꿇지 않았다. 상상도 할 수 없는 방식으로 마음과 영혼에 상처를 입고 모욕당한 소년은 눈멀고 귀먹은 신에게 대들고 있다.

이제는 간구하지 않았다. 슬퍼하지도 않았다. 그러기는커녕 내가 매우 강해진 것을 느꼈다. 나는 고발자였고, 고발당한 것은 하나님이었다. 나는 두 눈을 뜬 채 혼자 있었다. 하나님도 없고 사람도 없는 이 세상에 정말 나 혼자 있었다. 사랑도 없고, 자비도 없었다. 나는 잿더미에 지나지 않았다. 그러나 내 삶을 오랫동안 지배한 전능자보다 강하다고 느꼈다. 기도하러 모인 사람들 틈에서 나는 관찰자, 이방인이라는 생각이 들었다.

하나님은 사랑이라고 믿는 내가 교수형 당한 아이의 얼굴에 스친 천사의 슬픈 모습이 까만 눈동자에 아직도 고스란히 남아 있는 이 젊은 기자에게 무슨 말을 해주어야 했을까? 뭐라고 해야 했을까? 십자가에 못 박힘으로써 세상을 구한, 아마도 이 소년을 닮았을 또 다른 유대인에 대해 이야기해야 했을까? 소년의 믿음에 거치적거리는 방해물이 '나의 믿음'에는 초석이 되었다고 말해주어야 했을까? 십자가와 인류의 고통, 그 연관 관계가 소년의 믿음을 앗아간 불가사의한 수수께끼에 이르는 열쇠라고 생각한다고 말해주어야 했을까? 그럼에도 시온의 언덕은 화장장과 도살장에서 다시 솟아올랐다. 유대 나라는 수많은 죽은 자들 위에서 되살아났다. 그들, 죽은 자들이야말로 유대 나라에 새 생명을 주었다. 우리는 피 한 방울, 눈물한 방울의 가치를 모른다. 은총 아닌 것이 없다. 하나님이 정말 하나님이라면 우리 모두를 위한 마지막 말은 '하나님'에게 속한다. 이 유대인 소년에게 그 말을 해주었어야 했다. 그러나 나는 그저 소년을 껴안고 흐느끼기만 했다.

프랑수아 모리아크

추방

　그는 평생 다른 이름은 가져보지 못한 듯 권표權標를 받드는 모이셰Moishe the Beadle라고 불렸다. 모이셰는 하시드파의 예배당인 시티블Shtibl 일을 도맡아 처리했다. 내가 어린 시절을 보낸 트란실바니아의 작은 마을, 시게트의 유대인들은 모이셰를 좋아했다. 모이셰는 가난했고, 몹시 궁핍한 생활을 했다. 마을 사람들은 대개 가난한 사람을 도와주면서도 그다지 달가워하지 않았다. 모이셰는 그렇지 않았다. 모이셰는 보통 사람들과 달랐다. 그의 존재는 사람들을 성가시게 하지 않았다. 모이셰는 남의 눈에 띄지 않게 하잘것없는 사람으로 보이도록 처신

했다.

모이셰의 겉모습은 광대처럼 볼품없었다. 사람들은 모이셰가 떠돌이처럼 수줍어하는 것을 보고 웃었다. 나는 먼 곳을 바라보는, 꿈꾸는 듯한 모이셰의 커다란 눈이 마음에 들었다. 모이셰는 말이 별로 없었다. 그는 노래를 불렀다. 아니, 차라리 찬송을 했다고 해야 할 것이다. 나는 드문드문 몇 마디를 알아들을 수 있었는데 신의 고통과 추방된 셰키나에 관한 것이었다. 카발라에 따르면 셰키나는 구원을 기다리고 있으며 셰키나의 구원은 인간의 구원과 맞닿아 있다.

나는 1941년에 처음으로 모이셰를 만났다. 나는 열세 살을 앞두고 있었고, 관찰력이 남달랐다. 낮에는 《탈무드》를 공부했고, 밤에는 시나고그^{Synagogue}(유대교의 예배당—옮긴이)로 달려가 파괴된 성전을 보고 흐느꼈다.

어느 날 나는 아버지에게 카발라 공부를 지도해줄 스승을 구해달라고 부탁했다.

"그걸 배우기엔 너무 어려. 마이모니데스는 험난하기 그지없는 신비의 세계에 뛰어들려면 서른 살이 넘어야 한다고 했다. 네가 이해할 수 있는 기본 과목부터 먼저 공부해야 돼."

아버지는 교양 있고 쉽게 감상에 젖지 않는 사람이었다. 심지어 가족들 앞에서도 감정을 좀처럼 드러내지 않았고, 가족의 행복보다 다른 사람의 행복에 더 신경을 썼다. 시게트의 유대인들은 아버지를 존경했고, 공적으로든 사적으로든 아버지에게 늘 조언을 구했다. 아버지는 자식을 네 명 두었다. 장녀 힐다와 차녀 베아, 셋째이자 외동아들인 나, 그리고 막내 치포라.

부모님은 가게를 운영했다. 힐다 누나와 베아 누나가 가게 일을 도왔다. 나는 공부만 했다. 식구들이 그랬다. 난 공부만 했다고.

아버지는 가끔 "시게트에는 카발라를 믿는 사람이 없어"라고 말했다.

아버지는 내가 카발라를 공부하겠다는 생각을 떨쳐버리길 바랐다. 그러나 부질없는 일이었다. 나는 모이세라는 사람의 내면에서 내 스승을 발견하는 데 성공했다.

어느 날, 모이세는 땅거미 질 무렵 기도하고 있는 나를 보았다. 나를 잘 알기라도 하는 듯 그는 "기도하면서 왜 흐느끼지?"라고 물었다.

나는 불안한 마음에 "몰라요"라고 대답했다.

나는 그런 질문을 해본 적이 없다. 그저 흐느끼지 않고는 견딜 수 없어서 흐느낄 뿐이었다. 그것이 내가 아는 전부였다.

잠시 후 모이세는 "기도는 왜 하지?"라고 물었다.

왜 기도하느냐고? 별걸 다 묻는다. 차라리 왜 사느냐, 왜 숨을 쉬느냐고 묻는 편이 낫지.

아까보다 더 초조하고 불안한 마음으로 나는 다시 모른다고 대답했다.

그날 이후 나는 모이셰를 자주 만났다. 모이셰는 모든 질문에는 답이 감추어져 있다고 힘주어 말했다.

사람은 묻고 싶은 질문을 던짐으로써 하나님에게 더 가까이 다가갈 수 있다. 그 안에 참된 대화가 있다. 사람은 묻고 하나님은 대답한다. 그렇지만 사람은 하나님의 대답을 이해하지 못한다. 이해할 수가 없다. 왜냐하면 하나님의 대답은 우리 영혼 깊숙한 곳에 자리 잡고 우리가 죽을 때까지 그곳을 떠나지 않기 때문이다. 엘리저, 너는 네 안에서만 진정한 대답을 찾을 수 있을 것이다.

"그럼 당신은 왜 기도하죠?"

모이셰에게 물었다.

"하나님에게 질문할 힘을 달라고 마음속으로 기도하지."

우리는 거의 매일 신도들이 모두 떠난, 반쯤 타들어간 양초 몇 개가 깜빡거리는 해 질 무렵의 시나고그에 남아 이런 식의 대화를 주고받았다.

어느 날 저녁 나는 유대교 신비주의의 비전秘傳이 담겨 있는 카발라의 경전《조하르Zohar》를 가르쳐줄 스승을 시게트에서는 구할 수 없어 매우 안타깝다고 모이셰에게 말했다. 모이셰는 인자한 미소를 지었다. 그러고는 한참 말없이 있다가 "신비로운 진리라는 과수원으로 통하는 문이 천 개하고도 하나가 있지. 누구에게나 자신만의 문이 있어. 악을 범하거나 다른 사람의 문으로 과수원에 들어가려고 해서는 안 돼. 그렇게 하면 들어가려는 사람뿐만 아니라 이미 들어가 있는 사람도 위험해지지"라고 말했다.

시게트에서 제일 가난한 모이셰는 카발라의 계시와 그 신비에 대해 몇 시간이고 이야기해주었다. 나는 그렇게 카발라의 세계에 입문했다. 우리는 함께《조하르》의 같은 페이지를 읽고 또 읽었다. 그 내용을 외우기 위해서가 아니라 그 안에서 신의 뜻을 발견하기 위해.

그 저녁 수업을 통해 모이셰가 질문과 대답이 마침내 '하나'가 되는 깨달음의 순간으로 나를 이끌어주려 한다고 확신하게 되었다.

(

어느 날 외국에서 온 유대인들이 모두 시게트에서 쫓겨났다. 모이셰는 외국인이었다.

헝가리 경찰이 가축 수송용 열차에 억지로 밀어 넣자 그들은 말없이 흐느꼈다. 플랫폼에 서 있던 우리도 흐느꼈다. 열차는 지평선 너머로 사라지고 뿌옇고 짙은 연기만 남았다.

뒤에 있던 어떤 사람이 한숨을 내쉬며 "어디로 끌려갈 것 같은가? 전쟁터야"라고 말했다. 사람들은 추방당한 사람들을 금방 잊어버렸다. 며칠 안 되어 그렇게 끌려간 사람들이 갈리시아에서 강제 노동을 하고 있으며 그들의 운명에 만족한다는 소문이 돌았다.

다시 며칠이 지났다. 몇 주가 지나고, 몇 달이 지났다. 삶은 정상의 흐름을 되찾았다. 위안을 주는 고요한 바람이 마을을 스치고 지나갔다. 가게 주인들은 장사에 몰두했고, 학생들은 책과 씨름했고, 아이들은 길거리에서 뛰놀았다.

어느 날 시나고그에 막 들어가려다 입구 근처 벤치에 앉아 있는 모이셰를 보았다.

모이셰는 그때 쫓겨난 사람들이 겪은 일을 들려주었다. 추방당한 사람들을 실은 열차는 헝가리 국경을 넘고 폴란드 영토를 지나 게슈타포*에 인계되었다. 열차가 멈추었다. 유대

---

* 독일 나치의 비밀국가경찰. 아우슈비츠에 강제수용소를 설치했고, 수많은 유대인을 학살했다.

인들은 시키는 대로 열차에서 내려 대기 중인 트럭에 올라탔다. 트럭은 숲으로 갔다. 유대인들은 그 숲에 내려 또 시키는 대로 커다란 참호를 팠다. 참호를 다 파자 게슈타포 요원들은, 한 명씩 참호 앞으로 끌려가 고개를 치켜들고 서 있는 유대인에게 침착하고도 느긋하게 사격을 가했다. 젖먹이는 공중으로 내던져져 기관총의 표적이 되었다. 이 사건은 콜로메이 부근의 갈리시아 숲속에서 일어났다. 모이셰는 어떻게 도망칠 수 있었을까? 기적이라고 할 수밖에 없다. 모이셰는 다리에 부상을 입었는데 게슈타포 요원들은 그가 죽은 줄 알고 그대로 내버려두었다.

모이셰는 밤낮을 가리지 않고 유대인 집을 전전하며 자신이 겪은 일을 털어놓았다. 사흘 동안 생사의 갈림길을 헤맨 말카, 제발 아들들보다 먼저 죽게 해달라던 재단사 토비 이야기를 했다.

모이셰는 예전하고는 달랐다. 눈에서 기쁨의 빛이 사라졌다. 모이셰는 이제 노래하지 않았다. 하나님 이야기도, 카발라 이야기도 하지 않았다. 자신이 겪은 이야기만 했다. 그러나 사람들은 모이셰의 말을 믿기는커녕 들으려고 하지도 않았다. 모이셰가 동정을 사려고 한다거나 헛것을 보았다고 에둘러 말하는 사람이 있는가 하면 미쳐버렸다고 잘라 말하는 사람도 있었다.

모이셰는 울면서 애걸했다.

"여러분, 내 말을 들어보시오! 내가 원하는 건 그것뿐이오. 돈도 필요 없고, 동정도 필요 없소. 내 말을 한번 들어보시오!"

모이셰는 해 질 무렵의 기도와 저녁 기도 시간 사이에 시나고그에서 계속 외쳐댔다.

나부터 모이셰의 말을 믿지 않았다. 나는 예배가 끝난 뒤 모이셰와 나란히 앉아 그의 이야기를 들어주고 그의 슬픔을 이해해보려 하기도 했다. 그러나 모이셰가 불쌍하다는 생각만 들 뿐이었다.

모이셰는 중얼거렸다.

"모두 내가 미쳤다고 생각해."

두 눈에서 닭똥 같은 눈물이 떨어졌다.

한번은 모이셰에게 "왜 사람들이 당신 말을 믿어주길 바랍니까? 저라면 믿어주든 말든 신경 쓰지 않을 겁니다"라고 말하기도 했다.

모이셰는 시간을 잊으려는 듯이 눈을 감았다.

"넌 이해하지 못해."

그러고는 자포자기한 심정으로 말했다.

"넌 이해 못 해. 난 기적적으로 살아남았어. 용케 되돌아왔지. 그런 힘이 어디서 나왔는지 아니? 난 시게트로 돌아와서 구사일생으로 살아남은 이야기를 너에게 들려주고 싶었어. 아직 시간이 있을 때 네가 채비를 할 수 있도록 말이야. 목숨이라고? 난 더 사는 데 관심 없어. 난 혼자야. 하지만 돌아와서 너한테 경고를 해주고 싶었어. 내 말을 귀담아듣는 사람은 한 명도 없어."

1942년도 저물어가고 있었다.

그 후 삶은 다시 정상을 되찾은 듯이 보였다. 매일 저녁 듣는 런던 방송에서는 독일과 스탈린그라드에 하루가 멀다 하고 퍼붓는 폭격, 제2전선의 준비 같은 고무적인 소식이 흘러나왔다. 그래서 시게트의 유대인들은 곧 다가올 더 나은 세월을 기다렸다.

나는 변함없이 낮에는 《탈무드》를 읽고, 밤에는 카발라 공부에 전념했다. 아버지는 장사를 하면서 마을 사람들을 돌보았다. 할아버지는 로시 하샤나를 우리와 함께 지내고 유명한 보르셰Borsche의 렙베Rebbe• 의식에 참가하기 위해 우리 집에 왔다. 어머니는 힐다 누나에게 적당한 배필을 구해주어야 할 때가 되었다고 생각했다.

• '랍비'를 뜻하는 이디시어.

1943년도 그렇게 지나갔다.

☾

1944년 봄. 러시아 전선에서 놀라운 소식이 날아들었다. 독일이 패배한다는 데는 의심할 여지가 없었다. 앞으로 몇 달을 버티느냐, 몇 주를 더 버티느냐 하는 시간문제만 남았을 뿐이었다.

나무는 푸른 옷으로 갈아입었다. 여느 해와 다름없는 해였다. 봄이 오자 사람들은 약혼하기도 하고 결혼하기도 하고 아이를 낳기도 했다.

너 나 할 것 없이 "붉은 군대•가 성큼성큼 진격해오고 있다. 히틀러는 아무리 우리를 해치고 싶어도 해치지 못한다"라고 말했다.

그랬다. 우리는 유대인을 말살하겠다는 히틀러의 결심 자체를 의심하기까지 했다.

한 민족 전체를 말살한다고? 여러 나라에 흩어져 있는 수백만 명을 모두 쓸어버린다고? 무슨 수로? 그것도 20세기 중엽에!

• '노동자와 농민의 붉은 군대'의 약칭. 소비에트 연방군 이전에 조직된 소련의 군대를 가리킨다.

나보다 나이 많은 사람들은 전략, 외교, 정책, 시오니즘 등 온갖 것에 관심을 보였다. 그러나 정작 자신들의 운명은 소홀히 했다.

모이셰마저도 입을 다물었다. 이제 혼자 떠들고 다니는 데 물린 듯했다. 모이셰는 사람들의 눈총을 피해 허리를 구부리고 눈길을 내리깐 채 시나고그나 거리를 돌아다녔다. 그 무렵에는 팔레스타인으로 가는 이주 증명서를 살 수 있었다. 나는 아버지에게 팔 것은 팔고 갚을 것은 갚은 후 떠나자고 부탁했다.

아버지는 힘없이 말했다.

"얘야, 난 이제 늙었단다. 새로 출발하기에는 너무 나이를 먹었어. 먼 나라에서 한 푼 두 푼 모으는 생활을 시작하는 건 아무래도 무리다."

부다페스트 방송은 파시스트 정당이 정권을 잡았다고 발표했다. 섭정 미클로시 호르티Miklós Horthy는 친나치 정당 '닐러스Nyilas' 당수에게 새 내각을 구성하라고 마지못해 요청했다.

그런데도 우리는 아무런 걱정도 하지 않았다. 우리라고 파시스트 이야기를 못 들었을 리 없다. 다만 뜬구름 잡는 이야기 같아서 내각이 바뀐다는 것 외에는 실감이 나지 않았다.

다음 날 정말 불길한 소식이 들려왔다. 독일군이 정부의 묵인 아래 헝가리로 밀고 들어왔다.

마침내 우리는 심각하게 걱정하기 시작했다. 유월절*을 지내러 부다페스트에 다녀온 친구 모이셰 하임 베르코비츠는 "부다페스트의 유대인은 공포와 테러 분위기 속에서 하루하루 살고 있어. 길거리에서도, 열차 안에서도 반유대주의 행동이 매일 일어나. 파시스트가 유대인 가게와 시나고그를 공격하는 등 사태가 정말 심각해지고 있어"라고 말했다.

이 소식은 들불처럼 시게트 전역으로 퍼졌다. 모두 그 이야기만 했다. 그러나 이런 상황은 오래가지 않았다. 낙관주의가 곧 되살아났다. 독일군이 이렇게 먼 곳까지 올 리 없다. 독일군은 부다페스트에 주둔할 것이다. 전략적 이유에서든, 정치적 이유에서든. 그렇게 생각하는 사람들이 늘어갔다.

하지만 사흘도 채 지나지 않아 독일군 차량이 시게트 거리에 모습을 드러냈다.

☾

고뇌. 독일군은 해골 문장이 들어간 강철 헬멧을 쓰고 있었다. 그런데도 독일군에게 받은 첫인상은 차라리 든든하다는

---

* 유대교의 절기 중 하나. 애굽(이집트)에서 노예 생활을 하던 유대인이 모세를 따라 탈출함(출애굽)을 기념하는 날.

것이었다. 장교들은 일반 가정집, 심지어는 유대인 가정집을 숙소로 이용했다. 장교들은 집주인을 쌀쌀하면서도 공손하게 대했다. 불가능한 것을 요구하지도 않았고, 무례한 말도 하지 않았다. 때로는 집안의 여자들에게 미소를 지어 보이기도 했다. 한 독일군 장교는 우리 집에서 길 건너 맞은편에 있는 칸의 집에 머물렀다. 그 집 식구들은 이 장교가 침착하고 공손하며 호감이 가는 매력적인 사람이라고 했다. 사흘째 되는 날 이 장교는 칸 부인에게 초콜릿 한 상자를 선물했다. 낙관주의자들은 환성을 질러댔다.

"거봐, 우리가 뭐라고 했나? 당신네들은 우리가 하는 말을 믿지 않으려 했지. 당신네들이 말하던 독일인이 지금 이곳에 있어. 이제 뭐라고 할 텐가? 말로만 듣던 잔인함은 보이지 않잖아."

독일군은 우리 마을에 들어와 있었고, 파시스트들이 이미 정권을 잡았다. 판결은 이미 내려졌다. 그런데도 시게트의 유대인들은 웃고 있었다.

☾

유월절 기간 여드레. 날씨는 더할 나위 없이 좋았다. 어머니는 부엌에서 부산을 떨고 있었다. 시나고그는 이제 문을 열지 않았고, 사람들은 가정집에 모였다. 굳이 독일군의 비위를 거스를 필요는 없었다.

랍비의 집은 대개 기도의 집이 되었다.

우리는 마시고, 먹고, 노래 불렀다. 성경에는 유월절을 즐겁게 지내라고 쓰여 있지만, 우리 마음은 거기에 없었다. 우리는 더 이상 그런 척 가장하고 싶지 않아서 유월절이 어서 끝나기를 바랐다.

유월절 이레째 되던 날, 마침내 막이 올랐다. 독일군이 유대인 공동체 지도자를 체포했다.

그때부터 만사가 일사천리로 진행되었다.

첫 번째 포고령

유대인은 사흘간 주거지를 떠나선 안 된다.

어기는 자는 사형에 처한다.

모이셰가 우리 집으로 달려왔다. "내가 경고했잖아"라고 소리 지르고는 대답도 듣지 않고 가버렸다.

같은 날, 헝가리 경찰이 마을에 있는 유대인 집을 샅샅이 뒤졌다. 유대인들은 금이나 보석, 귀중품을 소유할 수 없었다. 귀중품은 죄다 당국에 내놓아야 했다. 그렇게 하지 않으면 사형이었다. 아버지는 지하 창고로 내려가서 귀중품을 파묻었다.

어머니는 평소와 다름없이 집안일을 했다. 하지만 이따금 발걸음을 멈추고 우리를 물끄러미 바라보았다.

사흘 뒤, 모든 유대인은 노란 별을 달아야 한다는 새로운 포고령이 내렸다.

몇몇 유대인 공동체 지도자들이 아버지를 찾아와 의논했다. 아버지는 헝가리 경찰 간부와 끈이 닿아 있었다. 그들은 아버지가 이 사태를 어떻게 생각하는지 알고 싶어 했다. 상황이 비관적이지만은 않다는 것이 아버지의 의견이었다. 사람들을 낙담시키거나 상처에 소금을 뿌리고 싶지 않았을 것이다.

"노란 별을 달아야 한다? 그래서? 그렇게 한다고 죽는 것도 아니잖아."

(가엾은 아버지! 당신은 무엇 때문에 돌아가셨던가요?)

그사이 또 다른 포고령이 내렸다. 이제 유대인은 식당이나 카페에 출입할 수 없고 열차로 여행하거나 시나고그에 가는 것은 물론 저녁 6시 넘어 길거리에 나가는 것도 금지되었다.

이어서 게토*가 설치되었다.

• 유대인을 격리시켜 살게 한 거리 또는 구역. 현대에는 소수 인종·민족·종교집단이 공동체를 이루어 사는 곳을 가리키는 말로 쓰인다.

（

시게트에는 게토가 두 군데 설치되었다. 마을 중앙에 설치된 커다란 게토는 도로 네 개와 연결되어 있었고, 작은 게토는 교외로 통하는 좁은 길 몇 개와 이어져 있었다. 우리가 살던 거리인 악마의 거리Serpent Street는 커다란 게토에 면해 있었다. 그래서 우리는 우리 집에 머무를 수 있었다. 다만 우리 집이 길모퉁이에 있었기에 게토가 아닌 길 쪽으로 난 창문은 막아야 했다. 우리는 자기 집에서 쫓겨난 친척들에게 방 몇 개를 내주었다.

삶은 점차 '정상'을 되찾았다. 벽처럼 둘러쳐진 철조망을 보고도 우리는 공포를 실감하지 못했다. 사실 우리는 유대인들끼리 지내게 된 것이 나쁘지 않다고 생각했다. 작은 유대인 공화국. 유대인 경찰, 복지기관, 노동위원회, 의료기관뿐만 아니라 유대인협의회까지 설치되었다. 정부 기구가 다 갖추어진 셈이었다.

사람들은 차라리 이편이 좋다고 생각했다. 이제 적의에 찬 얼굴을 보지 않아도 되었고, 증오로 빛나는 시선을 마주하지 않아도 되었다. 두려움도 없었고, 괴로움도 없었다. 우리는 유대인들끼리, 형제끼리 살고 싶었다.

물론 불쾌할 때도 있었다. 매일 독일군이 찾아와 군용 열차에 석탄을 실을 남자를 색출했다. 이런 일을 하려고 나서는 사람은 거의 없었다. 이것만 빼면 이상하게도 분위기는 평화롭고 여유로웠다.

우리는 붉은 군대가 와서 이 전쟁을 끝낼 때까지 게토에서 살게 될 거라고 생각했다. 그 후에도 이전과 달라지지 않을 것이다. 게토는 독일인이 지배하지도 않았고, 유대인이 지배하지도 않았다. 착각이 게토를 지배했다.

◖

칠칠절Shavuot(그해에 처음으로 추수한 밀을 하나님에게 바치는 유대인의 절기―옮긴이)이 2주도 채 남지 않은 때였다. 햇살이 따뜻한 봄날, 사람들은 붐비는 거리를 태평스럽게 돌아다니며 즐겁게 인사를 나누었고, 아이들은 길거리에서 개암을 굴리며 놀았다. 나는 몇몇 학우와 함께 에즈라 말리크의 집 뜰에서 《탈무드》 관련 논문을 공부했다.

밤이 되었다. 스무 명 남짓한 사람들이 우리 집 안뜰에 모였다. 아버지는 알려지지 않은 이야기를 들려주며 현 상황에 대한 견해를 밝히고 있었다.

갑자기 문이 열리더니 가게 주인에서 경찰로 변신한 슈테른이 들어와 아버지를 찾았다. 무척 어두웠는데도 나는 아버지의 얼굴이 백지장처럼 하얗게 변하는 것을 볼 수 있었다.

"무슨 일입니까?"

우리가 물었다.

"나도 몰라. 협의회 특별 회의가 소집되었어. 무슨 일이 일어난 게지."

아버지 때문에 이야기는 흐지부지되었다.

아버지는 "지금 바로 가봐야 해. 되도록 빨리 돌아와서 무슨 일인지 이야기해줄 테니 기다려" 하고는 밖으로 나갔다.

우리는 언제까지고 기다릴 생각이었다. 안뜰은 마치 수술 대기실처럼 변했다. 우리는 문이 이제나저제나 열리길 기다리며 서 있었다. 이웃 사람들이 소식을 듣고 달려왔다. 우리는 하염없이 시계만 바라보았다. 시간이 그토록 더디게 갈 수가 없었다. 무슨 놈의 회의를 이렇게 오래 할까?

어머니가 걱정스런 얼굴로 말했다.

"왠지 불길해. 오늘 오후에 게토에서 못 보던 사람을 보았어. 장교 두 명인데, 아마도 게슈타포일 거야. 여기 온 후로 장교는 한 명도 못 봤는데."

자정이 가까웠다. 집에 무슨 일이 있는지 살펴보려고 잠시

다녀오는 사람은 있었지만 자러 갈 생각을 하는 사람은 없었
다. 몇몇 사람은 아버지가 돌아오면 불러달라고 하고는 자리
를 떴다.

마침내 문이 열리고 아버지가 나타났다. 얼굴에 핏기라곤
없었다. 사람들이 순식간에 아버지를 에워쌌다.

"말해보시오. 무슨 일인지 말해줘요! 무슨 말이라도⋯⋯."

그때 우리는 고무적인 소식을 기대하고 있었다. 걱정할 것
없다고, 복지 문제나 의료 문제 따위를 검토하는 늘 하는 회
의였다고. 그러나 아버지의 얼굴을 본 순간 모든 것이 분명해
졌다.

마침내 아버지는 "끔찍한 소식이야"라고 말했다. 그러고는
"이송한단다"라고 한마디 덧붙였다.

게토를 완전히 없앨 작정이었다. 내일부터 거리별로 출발한
다고 했다.

우리는 하나도 빼놓지 않고 모든 것을 알고 싶었다. 망연자
실한 와중에도 그 끔찍한 소식에 대해 하나라도 더 알아내려
고 했다.

"어디로 끌고 간답니까?"

그것은 비밀이었다. 유대인협의회 의장만 알고 아무도 모르
는. 그러나 의장은 입을 열려고 하지 않았다. 아니, 열 수 없었

다. 발설하면 총살한다고 게슈타포가 위협한 것이다.

아버지는 갈라진 목소리로 "헝가리 어딘가 벽돌 공장으로 끌고 간다는 소문이 있어. 아무래도 우리가 너무 국경 가까이 있어서"라고 말을 흘렸다.

아버지는 잠시 침묵을 지키더니 "각자 개인 소지품은 가져가도 될 거야. 배낭, 식량 조금, 옷 몇 벌 정도. 그 이상은 허락하지 않을 거야"라고 덧붙였다.

또다시 무거운 침묵이 흘렀다.

아버지는 "이웃 사람들을 깨우게. 그 사람들도 채비를 해야할 테니까"라고 말했다.

사람들은 깊은 잠에서 깨어나듯 천천히 몸을 일으키더니 말 없이 제 갈 길로 갔다.

(

이제 아버지와 나만 남았다. 갑자기 같이 살고 있던 친척인 바티아 라이히가 방으로 들어왔다.

"누군가가 길 쪽에 면한 창문을 두드리고 있어."

전쟁이 끝난 후에야 나는 그날 밤 창문을 두드린 사람이 누군지 알게 되었다. 아버지 친구인 헝가리 경찰 검열관이었다.

그 사람은 우리가 게토에 들어가기 전에 걱정 말라고, 무슨 일이 생기면 미리 귀띔해주겠다고 말했다. 그날 밤 아직 도망칠 수 있다고 말해주려고 한 것일까? 가까스로 창문을 열었으나 이미 늦었다. 밖에는 아무도 없었다.

（

게토가 잠에서 깨어났다. 창문 뒤쪽의 등이 차례로 켜졌다.

나는 아버지 친구의 집으로 가서 그를 깨웠다. 꿈꾸는 듯한 눈에 허연 턱수염을 기른 사람이었다. 무수한 밤을 공부로 지새운 탓에 등이 구부정했다.

"일어나세요, 얼른! 떠날 채비를 해야 합니다. 내일 추방된대요. 아저씨도, 아저씨 가족도, 이곳의 모든 유대인이 추방된대요. 어디로 추방되느냐고요? 그런 건 묻지 마세요. 오직 하나님만이 답을 주실 수 있습니다. 그만 일어나세요."

그는 내 말을 알아듣지 못했다. 내가 미쳤다고 생각했을 것이다.

"무슨 소리야? 떠날 채비를 하라니? 어디로? 왜? 무슨 일인데? 정신 나갔어?"

그는 잠이 덜 깬 눈으로 나를 바라보았다. 내가 갑자기 웃음을 터뜨리며 아무 일 아니라고, 다시 자러 가라고 말해주길 기대하는 것처럼 귀찮아하는 눈길로. 잔다, 꿈꾼다, 아무 일도 없다. 이런 것이 전부 조롱거리가 되었다.

내 목은 타들어갔고, 말은 나를 질식시키고 내 입술을 마비시켰다. 나는 그 말밖에 할 수 없었다.

마침내 그는 내 말을 알아듣고 침대에서 빠져나와 서둘러 옷을 입었다. 그러고 나서 침대로 다가가더니 잠들어 있는 아내의 이마에 더없이 부드럽게 입을 맞추었다. 그의 아내가 눈을 떴다. 옅은 미소가 입술을 스친 것 같았다. 그는 다시 두 아이를 깨우러 갔다. 아이들은 화들짝 눈을 떴고, 꿈에서 깨어났다. 나는 그 집을 빠져나왔다.

시간은 쏜살같이 지나갔다. 벌써 새벽 4시였다. 아버지는 만에 하나 명령이 철회될 것에 대비해 유대인협의회를 살피고 친구들을 다독이느라 파김치가 된 몸으로 이리저리 쫓아다니고 있었다. 마지막 순간까지 사람들은 희망을 놓지 않았다.

여자들은 달걀을 삶고, 고기를 굽고, 케이크를 만들고, 배낭을 꿰매었다. 아이들은 그렇게 분주한 어른들은 아랑곳없이 무엇을 해야 하는지도 모른 채 하릴없이 돌아다니고 있었다.

우리 집 안뜰은 마치 장터처럼 되어버렸다. 귀중품, 값비싼 양탄자, 은촛대, 성경, 그 밖의 전례 용품이 먼지 쌓인 바닥을 뒤덮었다. 주인 잃은 불쌍한 유품들이 쨍하게 푸른 하늘 아래 놓여 있었다.

　아침 8시가 되자 혈관, 팔다리, 머리 할 것 없이 온통 납덩이처럼 무겁게 짓누르며 피로가 몰려들었다. 나는 마침 기도하고 있었다. 그때 갑자기 길거리에서 외치는 소리가 들렸다. 재빨리 성구함聖具函을 열어둔 채 창가로 달려갔다. 헝가리 경찰들이 게토에 들어와 가까운 거리에서 소리치고 있었다.

　"유대인은 전부 다 밖으로 나와! 빨리!"

　유대인 경찰이 그 뒤를 따르며 갈라진 목소리로 말했다.

　"때가 왔습니다. 모두 이곳을 떠나야 합니다."

　헝가리 경찰은 개머리판과 곤봉으로 늙은이, 여자, 어린아이, 불구자를 가리지 않고 사정없이 내리쳤다.

　집은 하나씩 비어갔고, 거리는 짐 꾸러미를 든 사람들로 가득 찼다. 10시가 되자 한 사람도 빠짐없이 밖으로 나왔다. 경찰은 한 번, 두 번, 스무 번이나 인원을 점검했다. 푹푹 찌는 날이었다. 모인 사람들의 얼굴과 몸에서 땀이 비 오듯 흘러내렸다.

　아이들이 물을 달라며 울어댔다.

　물! 집 안뜰에 물이 있었다. 그러나 대열을 벗어날 수 없었다.

　"엄마, 물. 목말라!"

유대인 경찰 몇 명이 주전자 몇 개를 들고 물을 구하러 갔다. 누나들과 나는 마지막으로 이송될 예정인 듯 아직 자유롭게 여기저기 돌아다닐 수 있었다. 그래서 우리는 힘닿는 데까지 도와주었다.

(

마침내 오후 1시가 되자 출발 신호가 울렸다.

우리는 기뻤다. 그랬다. 기뻤다. 사람들은 분명 뙤약볕 아래 이리저리 짐처럼 치이며 길 한가운데서 오도 가도 못하는 고통보다 더한 고통은 지옥에도 없으리라고 생각했을 것이다. 지옥도 이런 지옥은 없을 것 같았다. 사람들은 길거리, 죽은 사람, 빈집, 정원, 묘비 등은 거들떠보지도 않고 걷기 시작했다.

하나같이 짐 꾸러미를 짊어졌고, 눈에는 눈물과 비탄이 그득했다. 행렬은 게토 정문을 향해 느릿느릿 움직였다.

나는 인도에서 미동도 하지 않고 행렬이 지나가는 모습을 지켜보았다. 구부정한 등에 짐 꾸러미를 진 랍비 우두머리가 보였다. 턱수염을 밀어버린 탓인지 어딘가 이상해 보였다. 랍비가 끼어 있어서 그 행렬은 정말 기이하게 보였다. 랍비의 존재는 스페인의 종교재판소나 바빌론 유수를 다룬 역사 소설

같은 책에서 찢어낸 한 페이지 같았다.

사람들이 내 옆을 지나갔다. 나를 가르친 선생도 있고, 친구도 있고, 한때 무서워한 사람도 있고, 바보 같다고 여긴 사람도 있었다. 모두 몇 년간 나와 같이 살던 사람들이다. 그들은 고향과 유년 시절을 뒤로하고 짐 꾸러미, 목숨과 하나가 되어 절망 속에서 무겁게 걸음을 옮겼다.

사람들은 흠씬 두들겨 맞은 개처럼 내 쪽은 한 번도 돌아보지 않고 내 옆을 스쳐 지나갔다. 틀림없이 나를 부러워했을 것이다.

행렬이 모퉁이를 돌아 사라지더니 이윽고 게토를 벗어났다.

거리는 급히 철시한 뒤의 장터 같았다. 여행용 가방, 서류 가방, 지갑, 칼, 접시, 지폐, 신분증명서, 빛바랜 사진 등이 어지럽게 널려 있었다. 가져가려고 들고 나왔다가 결국 내버린 것들이다. 이제는 쓸모없는 것이 되어버렸다.

문이란 문은 다 열려 있었다. 입을 쩍 벌린 문과 창문 들이 허공으로 사라지는 것처럼 보였다. 임자가 없었기에 아무나 임자였다. 가져가기만 하면 되었다. 입을 벌린 무덤 같다고나 할까.

여름 해가 작열하고 있었다.

그날은 아무것도 입에 대지 않았다. 그런데도 배가 고프지 않았다. 우리는 녹초가 되었다.

　　아버지는 추방당하는 사람들을 따라 게토 정문까지 갔다. 그들은 먼저 제일 큰 시나고그에 모여 금이나 은, 그 밖의 귀중품을 가져가지 못하도록 철저히 몸수색을 받았다. 사람들은 히스테리를 일으켰고, 가해자들은 인정사정없이 구타했다.

　　"우리 차례는 언제죠?" 아버지에게 물었다.

　　"모레야. 우리 차례까지 오지 않고 상황이 이것으로 마무리된다면 기적이겠지."

　　어디로 끌려갔을까? 아무도 아는 사람이 없단 말인가? 그렇다. 비밀은 철저히 지켜졌다.

　　밤이 되었다. 그날 우리는 일찌감치 침대에 누웠다.

　　아버지가 말했다.

　　"얘들아, 잘 자라. 모레 화요일까지는 아무 일 없을 거야."

　　월요일은 여름날 조각구름처럼, 어둑새벽 꿈처럼 지나갔다.

　　등짐을 준비하고 빵과 케이크를 굽느라 바빠 우리는 아무 생각도 할 수 없었다. 판결은 이미 내려졌다.

　　그날 저녁 어머니는 우리에게 얼른 잠자리에 들라고 했다.

힘을 비축해야 한다면서.

그날 밤이 우리 집에서 보낸 마지막 밤이다.

나는 새벽에 일어났다. 떠나기 전에 기도할 시간을 갖고 싶었다.

아버지는 벌써 일어나 정보를 구하러 마을로 가고 없었다. 아버지는 8시쯤 돌아왔다. 듣던 중 반가운 소식을 갖고. 오늘 마을을 떠나지 않고 작은 게토로 옮겨간다고 했다. 거기서 마지막 이송을 기다린다고. 우리는 마지막으로 떠난다고 했다.

9시, 지난 일요일에 본 광경이 다시 벌어졌다.

경찰들이 곤봉을 휘두르며 소리쳤다.

"유대인은 모두 밖으로 나와!"

우리는 이미 마음의 준비를 하고 있었다. 내가 맨 먼저 나갔다. 부모님의 얼굴을 보고 싶지 않았다. 이틀 전 다른 사람들이 그런 것처럼 우리는 거리 한복판에 앉아 기다렸다. 해는 그날처럼 뜨거웠다. 목이 말랐다. 그러나 우리에게 물을 가져다줄 사람은 없었다.

메시아가 서둘러 오기를 간구하고 앞으로 내 인생이 어떻게 될지 생각하면서 나는 몇 년간 하나님을 찾던 집을 바라보았다. 그런데도 슬프지 않았다. 내 머리는 텅 비었다.

"일어서! 인원 점검을 한다."

우리는 일어섰다. 인원 점검이 끝나자 앉았다. 또 일어섰다. 몇 번이고 되풀이했다. 우리는 초조하게 기다렸다. 사람들은 무엇을 기다리고 있었던가? 마침내 명령이 떨어졌다.

"앞으로! 행군!"

아버지는 흐느끼고 있었다. 아버지가 우는 모습은 처음 보았다. 아버지가 운다는 건 생각도 해보지 못했다. 어머니는 창백한 얼굴로 아무 말 없이 골똘히 생각에 잠겨 걷고 있었다. 나는 여동생 치포라를 바라보았다. 단정하게 빗질한 금발에 한 팔로 빨간 코트를 안고 있었다. 치포라는 일곱 살이었다. 등에 멘 자루가 너무 무거워 보였다. 치포라는 불평해봤자 소용없다는 것을 아는 듯 이를 악물고 있었다. 여기저기서 경찰들이 "더 빨리!"라고 외치며 곤봉을 무지막지하게 휘둘러댔다. 나는 힘이 하나도 없었다. 이제 막 출발했는데 벌써 힘이 다 빠져버린 듯했다.

"빨리 못 가! 이 무지렁이들아!"

헝가리 경찰들이 고래고래 소리를 질러댔다.

나는 그때부터 경찰을 증오했다. 이 증오심은 지금도 남아있다. 경찰은 우리에게 첫 박해자였다. 지옥과 죽음 같은 얼굴을 한 놈들이었다.

경찰들은 달리라고 명령했다. 우리는 달리기 시작했다. 우리에게 그런 힘이 있다고 누가 상상이나 했겠는가. 우리가 지나갈 때 주민들은 창문 뒤, 덧문 뒤에서 지켜보았다.

마침내 목적지에 도착했다. 짐 꾸러미를 내려놓자마자 우리는 땅바닥에 쓰러졌다.

"우주의 주재자이신 하나님, 당신의 무한한 동정심으로 우리에게 자비를 베푸소서."

(

작은 게토. 사흘 전만 해도 이곳에는 사람이 살고 있었다. 이제 우리가 이곳을 차지했다. 그 사람들은 추방되고 없었다. 우리는 그들을 이미 깡그리 잊어버렸다.

혼란은 큰 게토보다 이곳이 훨씬 더 심했다. 사람들은 두려움에 사로잡혀 있었다. 나는 숙부 멘델의 가족들이 기거하던 방에 가보았다. 식탁에는 끓이다 만 수프 냄비가 놓여 있었다. 빵을 구우려고 반죽해놓은 밀가루도 보였다. 방바닥에는 온통 책이 널려 있었다. 숙부는 책을 가져가려고 한 것일까?

우리는 자리를 잡았다. 무슨 말이 필요할까? 나는 나무를 구하러 갔고, 누나들은 불을 지폈다. 어머니는 피곤한 몸을 이끌고 식사 준비를 했다.

"포기하면 안 돼. 포기하면 안 돼."

어머니는 줄곧 이 말을 되풀이했다.

사람들의 사기는 그런대로 괜찮은 편이었다. 우리는 이런 일에 익숙해지고 있었다. 낙관적으로 말하는 사람까지 있었다. 그들은 "독일군은 우리를 추방할 시간이 없어. 이미 추방 당한 사람들은 운이 없었던 거지. 어쨌든 전쟁이 끝날 때까지 이 가련한 목숨을 부지할 가능성은 충분해"라고 말했다.

게토는 경비하는 사람이 없어 누구나 마음대로 들락거릴 수 있었다. 우리 집 가정부였던 마리아가 찾아왔다. 마리아는 울먹이면서 안전한 피신처를 마련해둔 마을로 함께 가자고 졸랐다.

아버지는 그 말을 들으려고도 하지 않았다. 그저 나와 누나 들에게 "가고 싶으면 가거라. 나는 너희 엄마, 막내와 함께 여 기 있겠다"라고 말했다.

물론 우리는 헤어지는 걸 거부했다.

(

밤. 밤이 빨리 새기를 기도하는 사람은 없었다. 별은 우리를 삼키는 거대한 불똥이었다. 어느 날 이 불길이 사라진다면 하늘에는 불 꺼진 별들과 아무것도 보지 못하는 눈들만 남게 되리라.

떠난 사람들이 쓰던 침대로 자러 가는 일만 남았다. 우리는 쉬면서 힘을 비축해두어야 했다.

새벽이 밝으며 어둠이 가셨다. 어젯밤보다 자신감 넘치는 분위기가 감돌았다. 이렇게 말하는 사람도 있었다.

"잘되라고 우리를 추방하는지도 모르잖아. 전선이 점점 가까워지고 있어. 곧 총소리가 들릴 거야. 그러면 민간인은 틀림없이 소개될 거야."

"놈들은 우리가 게릴라 부대에 가담할까 봐 걱정하는 거야."

"내가 보기에 이번 추방 작전은 광대극에 불과해. 웃지 마. 놈들은 우리의 귀중품과 보석을 빼앗으려는 것뿐이야. 우리가 다 묻어놨다는 걸 알고 땅을 파서라도 찾아내려는 거지. 주인이 휴가 가고 없으면 그만큼 쉬울 테니까."

휴가라니!

아무도 믿지 않는 이따위 말은 시간 때우기에 좋았다. 우리는 이곳에서 비교적 평온하게 별 탈 없이 며칠을 보냈다. 사람들은 그럭저럭 잘 지냈다. 잘사는 사람과 못사는 사람, 유명한 사람과 별 볼일 없는 사람의 구분이 없어졌다. 우리는 아직 인식하지 못할 뿐 모두 같은 운명 앞에 놓여 있었다.

안식일인 토요일이 우리를 추방하기로 한 날이었다.

그 전날 밤, 우리는 전통적인 금요일 저녁 식사를 하려고 모여 앉았다. 관례대로 빵과 포도주를 들고 축복을 한 후 말없이 음식을 삼켰다. 우리 가족이 마지막으로 함께 식사하는 자리라는 것을 감지하고 있었다. 그날 밤 나는 기억과 생각을 더듬느라 잠을 이루지 못했다.

새벽이 되자 우리는 떠날 채비를 하고 길에 나와 섰다. 이번에는 헝가리 경찰이 보이지 않았다. 유대인협의회가 모든 것을 알아서 처리하기로 논의되어 있었다.

호송을 맡은 사람들은 제일 큰 시나고그로 향했다. 마을에는 사람이 살지 않는 듯했다. 그러나 덧문 뒤에는 어제의 친구들이 우리가 머문 집을 털 순간을 기다리고 있을 것이다.

시나고그는 짐과 눈물로 뒤범벅된, 큰 역을 방불케 했다. 제단은 산산이 부서졌고, 벽 가리개가 갈가리 찢겨 벽이 다 드러났다. 사람들이 너무 많아 숨도 못 쉴 지경이었다. 거기서 보낸 스물네 시간은 끔찍했다. 남자는 아래층에 있었고, 여자는 위층에 있었다. 그날은 안식일이었다. 안식일. 마치 예배를 보려고 모여 있는 것 같았다. 밖으로 나가는 것이 금지되었기에 사람들은 구석에서 휴식을 취했다.

다음 날 우리는 역으로 걸어갔다. 역에는 가축 수송용 열차가 기다리고 있었다. 헝가리 경찰이 우리를 열차에 태웠다. 한 칸에 무려 여든 명씩이나. 헝가리 경찰은 빵 몇 조각과 물 양동이 몇 개를 넘겨주었다. 그리고 창살이 느슨하지 않은지 점검했다. 열차 칸은 봉해졌다. 칸마다 책임자가 한 명씩 임명되었다. 누군가 달아나면 책임자는 총살이었다.

게슈타포 장교 두 명이 긴 플랫폼을 왔다 갔다 했다. 모든 일이 순조롭게 진행된다는 듯 두 사람은 얼굴 가득 미소를 머금고 있었다.

호각 소리가 길게 허공을 갈랐다. 바퀴가 구르기 시작했다. 우리는 그렇게 우리에게 주어진 길을 갔다.

아우슈비츠로 가는 길

눕는 것은 생각도 할 수 없었다. 앉는 것도 돌아가면서 겨우 쭈그리고 앉았다. 공기도 희박했다. 운 좋게 창가를 차지한 사람들은 스쳐 지나가는, 꽃이 만발한 시골 풍경을 볼 수 있었다.

이틀이 지나자 갈증이 몰려왔다. 더위는 끔찍했다.

본능을 주체하지 못한 젊은 사람들은 남의 눈 따위는 아랑곳하지 않고 세상에 자기들뿐이라는 듯 어둠을 틈타 섹스를 했다. 다른 사람들은 못 본 척했다.

아직 식량이 조금 남아 있었지만, 원하는 대로 먹을 수는 없었다. 아끼는 것, 내일을 위해 아끼는 것이 철칙이었다. 내일은 상황이 더 나빠질지도 모르므로.

열차는 체코슬로바키아와 국경을 맞댄 카샤우라는 마을에서 멈추었다. 그제야 우리가 헝가리를 벗어나려 한다는 사실을 알았다. 모두 눈을 동그랗게 떴지만, 이미 늦었다.

열차 문이 스르륵 열렸다. 독일군 장교가 헝가리군 통역장교를 데리고 나타나 자기소개를 했다.

"지금부터 독일군이 여러분을 인계한다. 금이나 은, 시계 같은 걸 갖고 있는 사람은 즉시 내놓도록. 갖고 있다가 나중에 발각되면 현장에서 즉시 사살한다. 다음으로, 몸이 불편한 사람은 환자 칸으로 가도 좋다. 이상."

헝가리군 통역장교는 바구니를 들고 돌아다니며 귀금속을 남김없이 거두어들였다. 누구도 더 이상 끔찍한 공포를 맛보고 싶어 하지 않았다.

"이 칸에 탄 사람은 여든 명. 한 사람이라도 없어지면 모두 개처럼 총살한다."

두 사람은 가버렸다. 이어서 열차 문이 닫혔다. 우리는 완벽하게 함정에 걸려들었다. 문에 못을 박아버려서 돌아간다는 것은 불가능했다. 밀폐된 가축 수송용 열차가 우리에게는 세상 전부였다.

‍

우리 칸에는 셰흐터 부인이 타고 있었다. 그 부인은 마흔 살쯤 되었고, 열 살 난 막내아들이 구석에 쭈그려 앉아 있었다. 남편과 아들 둘은 첫 번째 칸에 배치되었다. 가족과 헤어지게 되자 셰흐터 부인은 완전히 넋을 잃어버렸다.

나는 부인을 잘 알고 있었다. 셰흐터 부인은 타오르는 듯한 눈빛에 말수가 적은 사람이었고, 우리 집에도 가끔 놀러 왔다. 남편은 신앙심이 돈독하고 밤낮 공부만 하는 사람이었다. 그래서 가족의 생계는 셰흐터 부인이 꾸려나갔다.

셰흐터 부인은 제정신이 아니었다. 출발한 첫날에 신음하듯 흐느끼기 시작했고, 왜 가족들과 헤어져야 하느냐며 연거푸 소리를 질러댔다. 부인의 울음소리는 점차 병적으로 변해갔다.

사흘째 되는 날, 등을 기대고 앉거나 선 채로 졸고 있는데 째지는 듯한 비명이 들려왔다.

"불이야! 불! 불!"

한순간 모두 공포에 사로잡혔다. 누가 비명을 질렀을까. 셰흐터 부인이었다. 창으로 흘러드는 희미한 빛을 받으며 화물칸 가운데 서 있는 부인은 옥수수 밭의 시들어빠진 옥수수처럼 보였다. 부인이 팔을 뻗어 창밖을 가리키며 소리 질렀다.

"저기 봐요, 불이야! 불!"

남자 몇 명이 창가로 몰려들었다. 밖에는 아무 일도 없었다. 어둠뿐이었다.

자다가 얼결에 겪은 이 끔찍한 쇼크는 오래오래 뇌리에 남았다. 모두 그 때문에 마음을 졸였다. 열차 바퀴가 덜커덩거릴 때마다 발밑에서 심연이 아가리를 벌리는 것만 같았다. 불안을 누를 길이 없어 사람들은 "쯧쯧, 돌아버렸구먼"이라고 말하면서 자신을 달래려고 했다.

누군가 젖은 옷을 부인의 머리에 덮어주며 진정시키려고 했다. 그러나 부인은 계속 비명을 질러댔다.

"불이야! 불!"

어린 아들은 치맛자락에 매달린 채 울면서 엄마의 손을 붙들려고 했다.

"됐어요, 엄마! 아무 일도 없어요. 앉아요."

나는 그 모습을 보고 부인이 비명을 지를 때보다 더 큰 충격을 받았다.

몇몇 여자들이 부인을 진정시키려고 애썼다.

"며칠 있으면 남편과 아이들을 만나게 될 거예요."

하지만 부인은 숨을 몰아쉬며 울음 섞인 목소리로 계속 비명을 질러댔다.

"유대인 여러분, 내 눈에는 불이 보여요. 거대한 불꽃이 보여요. 거대한 용광로가 보여요."

부인은 마음속 깊이 악령에 사로잡힌 것 같았다.

우리는 부인을 진정시키기보다 우리 자신을 진정시켜 숨이라도 쉴 수 있게끔 그렇지 않다고 애써 설명해주었다.

"쯧쯧, 목이 타는 모양이야. 그러니 자신을 집어삼키는 불 이야기를 계속하지."

그러나 아무 소용도 없었다. 열차 옆구리라도 폭발시킬 듯한 공포가 엄습했다. 신경이 곧 터져버릴 것 같았다. 온몸의 살이 다 떨렸다. 모두 광기에 사로잡힌 듯했다. 더 서 있을 수조차 없었다. 젊은 사람 서너 명이 부인을 억지로 앉혀 꼼짝 못 하게 하고는 입에 재갈을 물렸다.

이제 잠잠해졌다. 어린 아들은 울면서 엄마 옆에 앉아 있었다. 그제야 비로소 숨을 제대로 쉴 수 있었다. 어둠을 가르며 내달리는 열차의 단조로운 바퀴 소리가 들려왔다. 사람들도 한시름 놓은 듯 쉬기도 하고, 눈을 붙이기도 했다.

그렇게 한두 시간이 지났다. 그때 또 비명이 들려왔다. 재갈이 느슨해진 틈을 타 부인은 더 크게 소리를 질렀다.

"불이야! 불! 온통 불바다야!"

젊은 사람들이 또 부인을 묶고 재갈을 물렸다. 이번에는 부인을 구타하기까지 했다. 사람들도 젊은이들 편을 들었다.

"조용히 좀 시켜. 저 미치광이한테 입 다물고 있으라고 해. 여기 그 여자 혼자만 있는 게 아니잖아."

젊은이들은 부인의 머리를 몇 차례 후려쳤다. 어찌나 세게 치는지 저러다가 부인이 죽지나 않을까 걱정이 될 정도였다. 엄마한테 매달린 어린 아들은 소리도 지르지 않았고, 한마디 말도 하지 않았다. 이제는 울지도 않았다.

밑도 끝도 없이 긴 밤이었다. 새벽녘에야 셰흐터 부인은 잠잠해졌다. 부인은 구석에 쭈그리고 앉아 초점 잃은 눈으로 허공을 쳐다볼 뿐, 사람들에게는 눈길도 주지 않았다.

부인은 하루 종일 정신이 나간 듯 말도 않고 구석에 처박혀 있었다. 그러다가 어두워지자 다시 비명을 질렀다.

"저기 불났어! 불!"

부인은 늘 가리키던 곳을 또 가리켰다. 사람들은 이제 부인을 때리는 데도 이골이 났다. 찜통더위, 갈증, 지독한 악취, 질식할 듯한 공기, 그런 것들도 우리를 갈기갈기 찢어놓는 부인의 비명에 비하면 아무것도 아니었다. 며칠만 더 그랬다면 아마 모두 다 비명을 질러댔을지도 모른다.

그러는 사이 열차가 역에 도착했다. 창가에 있던 사람들이

역 이름을 말해주었다.

"아우슈비츠."

한 번도 들어보지 못한 이름이었다.

☾

열차는 다시 출발하지 않았다. 오후는 더디게 지나갔다. 열차 문이 열렸다. 독일군이 두 사람을 끌어내려 물을 길어 오게 했다.

얼마 후 돌아온 두 사람은 독일군에게 금시계를 주고 여기가 종착역이라는 사실을 알아냈다고 말했다. 우리는 여기서 내려야 했다. 여기에는 강제노동수용소가 있다고 했다. 시설도 그런대로 괜찮다고 했다. 어쨌든 이제 가족이 뿔뿔이 헤어지지 않아도 되는 것이다. 젊은 사람들만 공장에 일하러 가고, 노인과 환자 들은 공터에 억류된다고 했다.

우리는 이제 살았다며 안도했다. 며칠간 밤마다 시달린 공포에서 드디어 벗어날 수 있다는 생각에 하나님께 감사 기도를 드렸다.

셰흐터 부인은 구석에 앉아 있었다. 기력도 없고, 말도 없었다. 안도한 사람들의 표정에도 관심이 없었다. 어린 아들이 부인의 손을 어루만지고 있었다.

어스름이 지자 어둠이 열차를 뒤덮었다. 사람들은 마지막 남은 식량을 먹기 시작했다. 그리고 밤 10시가 되자 잠시라도 눈을 붙이기 위해 앉을 자리를 찾았다. 모두 금방 곯아떨어졌다. 그때 갑자기 비명이 들렸다.

"불이야! 불! 저기, 저어기."

깜짝 놀라서 눈을 뜬 사람들이 창가로 몰려갔다. 비록 한순간이지만 사람들은 부인의 말을 믿었다. 그러나 밖에는 어둠뿐이었다. 사람들은 자기도 모르게 두려움에 사로잡힌 데 대해 수치심을 느끼며 제자리로 돌아갔다. 계속 비명을 질러대는 부인을 사람들은 다시 구타했고, 가까스로 부인의 입을 막았다.

우리 칸 책임자가 플랫폼을 오가는 독일군 장교를 불러 셰흐터 부인을 환자 칸으로 데려갈 수 없느냐고 물었다.

독일군 장교는 환자가 맞는 것 같다며 곧 환자 칸으로 보내겠다고 대답했다.

11시 무렵 열차가 다시 움직이기 시작했다. 우리는 창가로 몰려들었다. 열차는 천천히 움직이고 있었다. 15분쯤 후 속도를 더 늦추었다. 창밖으로 철조망이 보였다. 그곳이 강제노동 수용소라는 것을 알 수 있었다.

우리는 잠시 셰흐터 부인을 잊고 있었다. 갑자기 끔찍한 비명이 들려왔다.

"봐요, 창밖을 봐요. 불이야! 불!"

열차가 멈추었을 때 높다란 굴뚝에서 어두운 밤하늘로 치솟는 불꽃이 정말로 보였다.

셰흐터 부인은 잠자코 있었다. 말도 없었고, 그 어떤 것에도 관심을 보이지 않았다. 정신 나간 사람처럼 멍하니 있다가 구석 자리로 돌아갔다.

우리는 어둠 속으로 치솟는 불길을 바라보았다. 지독한 악취가 허공을 떠돌았다. 갑자기 문이 열렸다. 줄무늬 셔츠와 검은 바지를 입은 낯선 사람들이 열차 안으로 들어왔다. 그들은 손전등과 곤봉을 닥치는 대로 휘두르며 소리쳤다.

"모두 내려! 빨리 열차에서 내려!"

우리는 급히 뛰어내렸다. 나는 셰흐터 부인 쪽을 돌아보았다. 어린 아들이 부인의 손을 잡고 있었다. 불꽃이 우리 앞에서 치솟고 있었다. 주위에는 살이 타는 냄새가 진동했다. 분명히 자정쯤이었다. 우리는 아우슈비츠로 가는 집결지인 비르케나우에 도착했다.

노동은 자유를 준다

우리는 그때까지 몸에 지니고 있던 아끼는 물건들을 지붕이 없는 화물차 뒤에 버렸고, 그것들과 함께 마침내 우리의 환상도 버렸다.

몇 미터마다 나치 친위대가 지키고 서 있었고, 그들이 든 기관총은 우리를 겨누고 있었다. 우리는 손을 맞잡고 무리를 뒤따라갔다.

나치 친위대가 곤봉을 휘두르며 우리 쪽으로 와서 명령했다. "남자는 왼쪽으로! 여자는 오른쪽으로!"

그렇게 네 마디 말을 내뱉었다. 냉정하고 무관심하고 나지

막하게. 짧고 간단한 네 마디 말뿐이었다. 바로 그 순간에 나는 어머니와 떨어졌다. 생각할 시간조차 없었다. 아버지의 손이 내 손을 꼭 쥐는 것을 느낄 수 있었다. 우리는 혼자였다. 1초도 안 되어 어머니와 누나들이 오른쪽으로 이동하는 것이 보였다. 치포라는 어머니의 손을 꼭 잡고 있었다. 나는 어머니와 누나들, 그리고 막내가 점점 멀어지는 것을 보았다. 어머니는 막내의 금발을 쓸어내리고 있었다. 나는 아버지를 따라 다른 남자들과 함께 계속 걸어갔다. 그때 그곳에서 어머니, 치포라와 영원히 헤어지게 되리라고는 꿈에도 몰랐다. 나는 아버지의 손을 잡고서 계속 걸어갔다.

뒤에 오던 노인이 쓰러졌다. 가까이 있던 나치 친위대가 리볼버 권총을 총집에 넣는 것이 보였다.

나는 잡고 있던 아버지의 손을 꼭 쥐었다. 절대로 아버지를 놓쳐서는 안 된다는 생각뿐이었다. 혼자 떨어지면 끝장이다 싶었다.

친위대 장교가 명령했다.

"5열 횡대!"

한바탕 소란이 일었다. 같이 있는 것이 무엇보다 중요했다.

"어이, 꼬마, 너 몇 살이냐?"

나를 신문한 사람은 같은 수감자였다. 얼굴은 볼 수 없었지만 그의 목소리는 힘이 없었고, 왠지 모르게 따뜻했다.

"열다섯 살입니다."

"거짓말. 넌 열여덟 살이야."

"정말 열다섯 살입니다."

"멍청한 놈. 내 말 똑바로 새겨들어."

그러고 나서 아버지에게 나이를 물었다.

"쉰 살이오."

"거짓말."

그 사람이 화난 듯한 목소리로 말했다.

"쉰 살이 아니고 마흔 살이야. 무슨 말인지 알아듣겠나? 이 아인 열여덟 살이고 당신은 마흔 살이야."

그 사람이 어둠 속으로 사라지고, 다른 수감자가 연신 욕을 퍼부으며 나타났다.

"개자식들, 여긴 뭐 하러 왔어? 뭐 하러 왔느냐고?"

누군가 겁 없이 대꾸했다.

"오고 싶어서 왔겠습니까? 우리가 데려가달라고 부탁이라도 했단 말입니까?"

옆에 있던 수감자가 그를 죽이기라도 할 듯 노려보며 말했다.

"닥쳐! 얼간이 같으니라고. 닥치지 않으면 그 주둥아리를 찢어버릴 테다. 목매 죽지 않고 여긴 뭐 하러 왔어? 아우슈비츠에 오면 어떻게 되는지 몰랐나? 1944년인데도 여태 그걸 몰랐어?"

정말이지 우린 몰랐다. 말해주는 사람이 없었다. 그 수감자는 자기 귀를 의심했다. 목소리가 더욱 거칠어졌다.

"저기, 굴뚝이 보이나? 보여? 저 불꽃이 안 보이나?"

정말로 불꽃이 보였다.

"저기로 끌려가게 될 거야. 저기 네놈들의 무덤이 있다. 아직도 못 알아듣겠어? 개자식들. 그래도 못 알아듣겠어? 태워 죽인단 말이다. 재로 만들어버리는 거야! 재로!"

격노한 그의 말에 우리는 그 자리에 얼어붙은 듯 멍하니 서있었다. 이런 악몽 같은 일이 실제로 일어나다니. 꿈에도 상상해보지 못한 끔찍한 악몽이었다.

주위에서 속삭이는 소리가 들렸다.

"이대로 가만있어선 안 돼. 도살장의 소처럼 당하고만 있을 순 없어. 반란을 일으켜야 해."

우리 가운데는 건장한 젊은이가 몇 명 있었다. 그들은 실제로 칼을 가지고 있었고, 무장 경비원들을 공격하자고 재촉했다. 한 젊은이가 나직이 말했다.

"세상 사람들에게 아우슈비츠의 존재를 알리자. 아직 기회가 있을 때 달아나서 사람들에게 아우슈비츠의 존재를 알려야 해."

그러나 어른들은 자식들에게 어리석게 굴지 말라고 간청했다.

"목에 칼이 들어와도 희망을 포기해선 안 된다. 성인들께서 그렇게 가르치셨으니."

반란의 기미가 잠잠해졌다. 우리는 계속 걸어서 갈림길에 이르렀다. 길 가운데 서 있는 사람은, 그때는 그가 누군지 몰랐지만 멩겔레 박사*였다. 그 악명 높은 멩겔레 박사. 그는 전형적인 친위대 장교처럼 보였다. 지적이지만 잔인해 보이는 얼굴에 외알 안경을 끼고 있었다. 멩겔레는 지휘봉을 든 채 장교들에게 둘러싸여 있었다. 그 지휘봉이 쉴 새 없이 움직였다. 때로는 왼쪽으로 때로는 오른쪽으로.

이윽고 나는 멩겔레 박사 앞에 서게 되었다.

"몇 살이지?"

그는 아버지 같은 목소리를 내려고 애쓰며 물었다.

"열여덟 살입니다."

목소리가 떨려 나왔다.

---

*유대인을 대상으로 인체 실험을 자행한 나치 독일의 내과의. '죽음의 천사(Todesengel)'로도 불렸다.

"아픈 데는 없나?"

"네."

"직업은?"

학생이라고 말해버릴까?

"농부입니다."

나도 모르게 그 말이 튀어나왔다.

대화는 몇 초 안 되어 끝났다. 그런데도 마치 영원처럼 느껴졌다.

지휘봉이 왼쪽을 가리켰다. 나는 앞으로 반걸음 내디뎠다. 아버지를 어느 쪽으로 보내는지 확인하고 싶었다. 혹시라도 오른쪽으로 가게 되면 아버지를 쫓아갈 생각이었다.

지휘봉이 이번에도 왼쪽으로 움직였다. 마음을 짓누르던 무게감이 사라졌다. 그렇지만 어느 쪽이 더 나은지, 어느 쪽이 수용소로 가고 어느 쪽이 화장장으로 가는지는 알 수 없었다. 그러나 아버지와 같이 있게 되어 행복했다. 우리 행렬은 천천히 앞으로 계속 나아갔다.

다른 수감자가 우리에게 다가왔다.

"이걸로 만족하나?"

"네."

누군가가 대답했다.

"불쌍한 놈들, 너희는 지금 화장장으로 가고 있어."

거짓말을 하는 것 같지는 않았다. 멀지 않은 곳에서 불길이, 거대한 불길이 구덩이에서 치솟고 있었다. 무언가가 그곳에서 불타고 있었다. 트럭 한 대가 다가오더니 짐을 부려놓았다. 작은 아이, 아기들이었다. 아기들이 불길 속으로 내던져졌다. 내 두 눈으로 똑똑히 보았다(그 후로 잠을 못 이루게 된 것은 당연하지 않은가).

우리는 화장장으로 가고 있었다. 조금 더 가자 어른용인 듯 큰 구덩이가 나왔다.

내 살을 꼬집어보았다. 아직도 목숨이 붙어 있나? 의식이 멀쩡한가? 남자, 여자, 어린아이 들이 불태워지는데도 어째서 세상 사람들은 침묵을 지키고 있는가? 아니다. 이 모든 것이 현실일 리 없다. 아마도 악몽이리라. 가슴이 벌떡거려 화들짝 눈을 떴다. 나는 어린 시절에 쓰던 방으로 돌아가 있었다. 내 책은······.

아버지의 목소리에 나는 백일몽에서 깨어났다.

"네가 엄마랑 헤어지게 돼서 정말 유감이구나. 네 또래 아이들은 대부분 엄마랑 같이 가는 것 같던데."

그 목소리가 너무 슬프게 들렸다. 아버지가 그들이 나한테 하려는 짓을 보고 싶어 하지 않는다는 것을 알 수 있었다. 외아들이 불길 속에 내던져지는 모습을 보고 싶지 않은 것이다.

　이마에 식은땀이 배어났다. 나는 지금 같은 세상에 사람을 불태운다는 것은 믿을 수 없다고 아버지에게 말했다. 세상이 그런 범죄를 절대 용납하지 않을 것이라고.

　"세상이라고? 세상은 우리한테 관심 없다. 지금 세상에 안 되는 일 같은 건 없어. 화장장까지도……."

　아버지는 목이 메어 말끝을 흐렸다.

　"아버지, 정말 그렇다면 난 기다리지 않을래요. 차라리 전기 철조망으로 뛰어들래요. 그편이 불길에 천천히 타 죽는 것보다는 나을 거예요."

　아버지는 대답하지 않았다. 울고 있었다. 와들와들 떨고 있었다. 주위 사람들도 모두 울고 있었다. 누군가 죽은 사람을 위한 기도문인 카디시Kaddish를 암송하기 시작했다. 유대인 역사를 통틀어 지금껏 자기 자신을 위해 카디시를 암송한 사람이 있었던가.

　"이스가달yisgadal, 베이스카다시veyiskadash, 시메이 라바shmey raba……. '그'의 이름이 영광되고 거룩하게 하옵소서."

　아버지가 중얼거렸다.

　그때 처음으로 분노가 치미는 것을 느꼈다. 왜 '그'의 이름을 숭앙해야 하는가? 전능한 존재, 지엄하고 영원한 우주의 지배자는 침묵을 택했다. '그'에게 고마워해야 할 이유가 대체 무엇인가.

우리는 계속 걸어갔다. 구덩이가 점점 가까워졌다. 구덩이에서 지옥 같은 열기가 올라오고 있었다. 스무 걸음만 더 가면……. 자살하려고 마음먹었다면 지금이 절호의 기회였다. 이제 열다섯 걸음 정도만 더 가면 끝이었다. 나는 이가 맞부딪는 소리가 아버지에게 들리지 않도록 입술을 꼭 깨물었다. 이제 열 걸음밖에 남지 않았다. 여덟 걸음. 일곱 걸음. 우리는 우리 자신의 장례 행렬을 따르듯 천천히 걸어갔다. 이제 네 걸음 남았다. 세 걸음. 구덩이 속 불길이 바로 앞에 있었다.

나는 열에서 벗어나 철조망으로 뛰어들려고 온 힘을 그러모았다. 마음속으로 아버지와 온 세상에 작별을 고하려 했다. 그런데 나도 모르게 "이스가달, 베이스카다시, 시메이 라바……. '그'의 이름이 영광되고 거룩하게 하옵소서"라고 중얼거리고 있었다. 가슴이 터질 것 같았다. 그때 그곳에서 나는 죽음의 천사와 대면했다.

나는 아버지의 손을 꼭 쥐었다.

아버지가 말했다.

"열차에서 본 셰흐터 부인 기억나니?"

내 삶이 일곱 겹으로 봉해진 하나의 긴 밤이 되어버린 그날 밤, 수용소에서 맞은 첫날밤을 결코 잊지 않으리라.

그 연기를 결코 잊지 않으리라.

몸뚱이가 고요한 하늘 아래 연기로 바뀌어버린 어린이들의 얼굴을 결코 잊지 않으리라.

내 믿음을 영원히 불살라버린 그 불꽃을 결코 잊지 않으리라.

살고자 하는 마음을 영원히 앗아간 밤의 침묵을 결코 잊지 않으리라.

하나님과 내 영혼을 죽이고 내 꿈을 잿더미로 만들어버린 그 순간들을 결코 잊지 않으리라.

하나님만큼 오래 산다 하더라도 이것들을 결코 잊지 않으리라.

결코 잊지 않으리라.

(

배정된 막사는 매우 길었다. 천장에는 푸르스레한 채광창이 몇 개 나 있었다. 꼭 지옥의 대기실 같았다. 미친 사람도 많았고, 온갖 울부짖음과 만행이 난무했다.

수감자 수십 명이 몽둥이를 들고 우리를 맞았다. 그들은 아무 이유도 없이 닥치는 대로 우리를 때렸다. 명령이 떨어졌다.

"옷 다 벗어! 빨리! 밖으로! 허리띠와 신발만 들고."

옷은 막사 뒤쪽 바닥에 내던졌다. 옷가지가 금방 수북이 쌓였다. 새 옷, 헌 옷, 찢어진 외투, 누더기 옷. 다 벗으니 누구랄 것 없이 똑같았다. 다 벗었으니까. 우리는 추위에 벌벌 떨었다.

친위대 장교 몇 명이 막사를 돌아다니며 건장한 사람을 찾았다. 힘이 그렇게 중요한 기준이라면 누구나 건강해 보이려고 애쓰지 않았을까? 하지만 아버지는 생각이 달랐다. 눈에 띄지 않는 것이 최선이라고 했다(나중에 우리는 아버지의 생각이 옳았다는 것을 알았다. 그날 뽑힌 사람들은 화장장에서 일하는 특명분견대SonderKommando에 배속되었다. 우리 마을 거상의 아들인 벨라 카츠는 첫 번째 호송 열차를 타고 일주일 먼저 비르케나우에 도착했다. 우리를 발견한 카츠가 잽싸게 쪽지를 건네주었다. 그는 힘이 셀 것 같아 뽑히는 바람에 자기 아버지 몸뚱어리를 용광로에 던져 넣어야 했다고 말했다).

숨 돌릴 틈도 없이 명령이 연달아 떨어졌다.

"이발소로!"

허리띠와 신발을 든 채 나는 끌려가듯 이발소로 갔다. 이발사는 가위를 들고 머리카락을 마구잡이로 자른 후 털이란 털은 다 밀어버렸다. 머릿속이 윙윙거렸다. 아버지와 떨어져서는 안 된다는 생각만 계속해서 되뇌었다.

이발사의 손에서 벗어나자 우리는 돌아다니면서 친구나 아는 사람을 찾았다. 아는 얼굴을 만날 때마다 기뻤다. 그랬다. 그건 기쁨이었다. 아직 살아 있구나! 하나님, 감사합니다!

우는 사람도 있었다. 그들은 있는 힘, 없는 힘을 그러모아 울었다. 왜 여기까지 끌고 오도록 내버려두었던가. 왜 침대에서 죽지 못했던가. 그들이 하는 말은 흐느낌과 뒤섞여 마디마디 끊겼다.

누군가가 느닷없이 나를 껴안았다. 시게트의 렙베 동생인 예힐이었다. 예힐은 섧게 울었다. 나는 예힐이 아직 살아 있는 것이 기뻐서 운다고 생각했다.

"예힐, 울지 마세요. 눈물을 아껴요."

"울지 말라고? 우리는 지금 죽음에 한 발을 들여놓고 있어. 우리도 곧 내던져질 거야. 알겠니? 불길 속에 내던져진다고. 그런데도 울지 말라니."

나는 지붕의 푸르스레한 채광창으로 어둠이 서서히 걷히는 것을 보았다. 이제 두렵지도 않았다. 피로가 두려움을 덮어버렸다.

눈에 보이지 않는 사람에 대해서는 생각할 겨를도 없었다. 누군가 그들에 대해 물었다. 어떻게 됐는지 아는 사람 없느냐 면서. 그러나 그들의 운명은 우리 머릿속에 없었다. 생각을 할 수조차 없었다. 감각이 마비되었고, 모든 것이 안갯속으로 사 라졌다. 이제는 어떤 것에도 매달리지 않았다. 자기 보호 본능, 자기방어 본능, 자긍심 따위는 깡그리 사라지고 없었다. 정신 이 돌아온 끔찍한 순간에 나는 우리가 허공을 떠돌아다니는 저주받은 영혼, 아무런 희망도 없는데 구제받을 길을 찾고 망 각을 찾으면서 영원히 허공을 떠돌아다니는 저주받은 영혼이 라고 생각했다.

　　　　　　　　　(

　새벽 5시쯤 우리는 막사에서 쫓겨났다. 카포Kapo(나치 수용소 지휘관과 경비원의 명령을 이행하는 수탁자들—옮긴이)들이 또다 시 우리를 때렸지만, 이제는 아픔도 느끼지 못했다. 얼음장같 이 차가운 바람이 우리를 에워쌌다. 우리는 허리띠와 신발만 쥐고 있을 뿐 알몸이었다. 명령이 떨어졌다.

　"뛰어!"

　우리는 뛰었다. 몇 분간 뛰어서 새로운 막사에 이르렀다.

끔찍한 악취를 내뿜는 액체 통이 문 옆에 놓여 있었다. 소독. 모두 그 액체를 뒤집어썼다. 그러고 나서 뜨거운 물을 끼얹었다. 순식간에 이루어진 일이었다. 우리는 샤워장에서 밖으로 내몰렸다. 이번에는 좀 더 오래 뛰었다. 또 다른 막사, 아니 창고 앞에 이르렀다. 길쭉한 테이블이 줄줄이 놓여 있고, 그 위에 죄수복이 수북이 쌓여 있었다. 우리가 달려가자 그들은 바지, 재킷, 셔츠 같은 옷가지를 던져주었다.

몇 초 후, 우리는 도저히 사람이라고는 볼 수 없는 모습이 되었다. 그렇게 비참한 상황만 아니라면 모두 웃었을 것이다. 우리는 좀 이상한 꼴을 하고 있었다. 몸집이 커다란 메이어 카츠는 어린이 바지를 입고 있었고, 비쩍 마르고 키가 작은 슈테른은 커다란 재킷을 입고서 허둥대고 있었다. 우리는 바로 옷을 바꿔 입기 시작했다.

나는 아버지를 흘낏 쳐다보았다. 아버지는 딴사람처럼 보였다. 옷이 눈을 덮고 있었다. 나는 무슨 말인가 해주고 싶었으나 무슨 말을 해야 할지 몰랐다.

어둠이 완전히 걷혔다. 샛별이 하늘에서 반짝였다. 나도 딴사람이 되어 있었다. 《탈무드》를 공부하던 아이는 불길이 삼켜버렸다. 남은 것이라곤 나를 닮은 형체뿐이었다. 검은 불길이 내 영혼을 점령했다. 그리고 삼켜버렸다.

어떻게 지나갔는지도 모를 그 몇 시간 동안 정말 많은 일이 일어났다. 언제 집을 떠났던가? 게토는? 열차는? 일주일 전이던가? 하룻밤 전이던가? 정말 단 하룻밤 전이란 말인가?

살을 에는 바람 앞에 얼마나 오래 서 있었던가? 한 시간? 딱 한 시간? 60분?

분명히 그것은 꿈이었다.

(

멀지 않은 곳에서 수감자들이 작업을 하고 있었다. 구덩이를 파는 사람도 있고, 모래를 나르는 사람도 있었다. 누구도 우리를 거들떠보지 않았다. 우리는 사막 가운데 뿌리를 내린 나무처럼 시들어갔다. 내 뒤에 있는 사람들이 말을 주고받았다. 무슨 이야기를 하는지 듣고 싶지도 않았고, 누가 무슨 말을 어떻게 하든 알고 싶지도 않았다. 주위에 경비원이 없어도 목소리를 높이는 사람이 없었다. 모두 나직이 속삭였다. 공기를 오염시키고 목구멍을 따끔따끔하게 찌르는 짙은 연기 때문이리라.

우리는 집시 수용소 안에 있는 막사로 떼를 지어 갔다. 그리고 5열 횡대로 정렬했다.

"동작 그만!"

마룻바닥은 없고 지붕과 벽뿐이었다. 발이 진흙 속으로 빠져들었다.

우리는 그 상태로 꼼짝도 하지 않았다. 나는 선 채로 졸았다. 꿈에 내 얼굴을 어루만지는 어머니의 손과 침대가 보였다. 눈을 떴다. 나는 발이 진흙에 빠진 채로 서 있었다. 몇 사람이 넘어져서 진흙에 미끄러졌다. 다른 사람들이 소리를 질렀다.

"미쳤어? 서 있으라고 했잖아. 지금 우리를 골탕 먹이려고 그러는 거야?"

세상의 모든 고통이 한꺼번에 우리를 덮친 듯했다.

한 사람씩 진흙에 앉기 시작해 나중에는 모두 그 자리에 주저앉았다. 그러나 카포가 혹시라도 새 신발을 갖고 있는 사람이 있는지 점검하러 올 때마다 일어서야 했다. 새 신발이 있으면 넘겨주어야 했다. 항의해봤자 소용없었고 얻어터지기만 할 뿐이었다. 결국에는 새 신발을 내놓지 않을 수 없었다.

나한테도 새 신발이 있었다. 그러나 진흙투성이여서 눈에 띄지 않았다. 나는 곧바로 감사 기도를 드렸다. '그'의 무한하고 놀라운 우주 속에 진흙을 만들어둔 하나님에게.

갑자기 침묵이 가혹한 형벌이 되었다. 친위대 장교 한 명이 들어왔다. 그와 함께 죽음의 천사 냄새도 묻어 들어왔다. 우리는 그의 두툼한 입술을 노려보았다. 그는 막사 한가운데서 열변을 토했다.

"너희는 강제수용소에 와 있다. 아우슈비츠에서는……."

그는 잠시 말을 끊고 자기 말이 먹혀드는지 살펴보았다. 그의 얼굴은 지금까지도 기억 속에 생생히 남아 있다. 키가 큰 30대 남자. 이마와 눈에는 그가 그동안 저지른 범죄가 낱낱이 새겨져 있었다. 그는 목숨에 집착하는 문둥병자* 무리를 보듯 우리를 바라보았다.

"명심해라."

그는 말을 계속했다.

"내 말 명심하고, 잘 새겨둬라. 너희는 아우슈비츠에 와 있다. 아우슈비츠는 요양소가 아니라 강제수용소다. 너희는 강제노동을 해야 한다. 그러지 않으면 바로 굴뚝으로 보내진다. 화장장으로 직행한단 말이다. 강제노동이냐, 화장장이냐, 알아서 선택해라."

우리는 그날 밤 여러 번 죽었다 살아났다. 이제는 두려운 것도 없었다. 그런데도 그가 내뱉는 무시무시한 말에 등골이 오싹했다. '굴뚝'이라는 말은 추상적인 개념이 아니었다. 그 말

---

* 한센병 환자를 낮잡아 이르는 말.

은 공중에 떠다녔고, 연기에 뒤섞였다. 그 말은 이곳에서 실질적 의미를 가진 유일한 단어였다. 친위대 장교가 막사를 떠났다. 카포들이 와서 소리를 질렀다.

"전문인들, 열쇠공이나 목수, 전기 기술자, 시계 수리업자는 한 발 앞으로!"

그 밖의 사람들은 돌로 지은 막사로 옮겨졌다. 앉아도 좋다는 허락이 떨어졌다. 집시 수감자가 책임자였다.

갑자기 아버지가 복통을 호소했다. 아버지는 일어나서 독일어로 공손하게 물었다.

"저, 화장실이 어딥니까?"

집시는 머리부터 발끝까지 아버지를 한참 노려보았다. 마치 자기에게 말을 건 것이 정말로 배와 몸뚱어리가 있는, 뼈와 살로 이루어진 사람인지 확인하려는 것처럼. 그러더니 깊은 잠에서 깨어난 듯 아버지를 세게 후려쳤다. 아버지는 넘어져서 제자리로 기어 돌아갔다.

나는 얼어붙은 채 서 있었다. 무슨 일이 일어난 거지? 아버지가 방금 내 앞에서 얻어맞았다. 그런데도 나는 눈도 깜빡이지 않았다. 보고도 입을 다물었다. 예전 같으면 죄 많은 몸뚱어리를 손톱으로 쥐어뜯었을 것이다. 내가 그렇게 변해버린 건가? 그렇게도 빨리 변해버린 건가? 회한이 밀려들었다. 이

제는 그들을 절대로 용서하지 않겠다는 생각뿐이었다. 아버지
도 그런 내 마음을 읽은 듯 내 귀에 이렇게 속삭였다.

"괜찮다. 아프지 않아."

아버지의 뺨에는 아직도 손자국이 빨갛게 남아 있었다.

(

"모두 밖으로 나가!"

집시 10여 명이 들어와서 우리를 감시했다. 곤봉과 채찍이
획획 주위를 날아다녔다. 내 발은 알아서 움직였다. 다른 사람
뒤에 숨는 방법으로 구타를 피했다. 봄이었다. 해가 비치고 있
었다.

"5열 횡대로 정렬!"

그날 아침 언뜻 본 수감자들이 가까이서 작업을 하고 있었
다. 경비원은 보이지 않고, 굴뚝 그림자만 보였다. 햇살과 꿈에
젖어 있던 나는 누군가 소매를 잡아당기는 것을 느꼈다. 아버
지였다.

"얘야, 가자."

우리는 집시들을 따라 걸어갔다. 문이 열렸다가 닫혔다. 철
조망 사이로 계속 걸어갔다. 한 걸음 옮길 때마다 검은 해골이

그려진 흰 표지판이 우리를 내려다보았다. 표지판에는 "경고! 아차 하면 죽는다"라고 적혀 있었다. 이곳에 죽음의 위험을 피할 수 있는 곳이 단 한 군데라도 있다는 말인가?

집시들이 다음 막사에서 걸음을 멈추었다. 우리는 나치 친위대에 인계되었다. 기관총과 경찰견으로 무장한 친위대가 우리를 에워쌌다.

우리는 또 30분을 걸어갔다. 주위를 둘러보니 철조망이 뒤에 있었다. 수용소를 빠져나온 것이다.

화창한 5월의 어느 날이었다. 봄의 향기가 가득했다. 해가 지고 있었다.

몇 걸음 가지 않아 또 다른 수용소 철조망이 나타났다. 수용소 문은 철문이었고, 문 위에는 "아르바이트 마흐트 프라이 ARBEIT MACHT FREI"라고 적혀 있었다. '노동은 자유를 준다.'

아우슈비츠.

(

첫인상은 비르케나우보다 조금 나았다. 나무 막사가 아니라 시멘트로 지은 2층 건물이었다. 군데군데 꽃밭도 있었다. 우리는 어떤 블록으로 끌려갔다. 입구 근처에 앉아서 또다시 대기 상태에 들어갔다. 이따금 누군가 안으로 불려 들어갔다. 그들은 강제로 샤워를 하고 나왔다. 우리는 하루에도 몇 번씩 이 수용소에서 저 수용소로 끌려갔고, 그때마다 강제로 샤워를 해야 했다.

샤워를 하고 나면 뜨거운 물에 젖은 몸으로 어둠 속에서 벌벌 떨며 서 있어야 했다. 옷은 버려야 했다. 다른 옷이 지급된다고 했다.

자정쯤, 뛰라는 명령이 떨어졌다.

"더 빨리!"

경비원들이 소리를 질렀다.

"빨리 뛸수록 그만큼 빨리 잠자리에 들게 된다."

몇 분간 미친 듯이 달려 새 블록에 이르렀다. 책임자가 기다리고 있었다. 젊은 폴란드인인데 우리를 보고 빙긋이 웃었다. 그가 입을 열자 우리는 기진맥진한 상태에서도 주의 깊게 들었다.

"동료 여러분, 여러분은 이제 아우슈비츠 강제수용소에 와 있습니다. 여러분 앞에는 긴 고통의 길이 놓여 있습니다. 그래도 희망을 잃지 말아야 합니다. 여러분은 최악의 상황인 선별을 이미 모면했습니다. 따라서 힘을 내고 믿음을 가져야 합니다. 우리는 모두 해방의 날을 보게 될 겁니다. 삶에 대한 믿음을 가져야 합니다. 절망을 몰아내야 죽음을 면할 수 있습니다. 지옥이 영원히 계속되지는 않을 겁니다. 기원, 아니 충고를 한마디 하겠습니다. 동지애를 가지십시오. 우리는 모두 형제고 같은 운명에 처해 있습니다. 같은 연기가 우리 머리 위를 떠돌고 있습니다. 서로 도와야 합니다. 그게 살아남을 수 있는 유일한 길입니다. 여러분이 지쳐 있는 듯하니 그만 얘기하겠습니다. 잘 들으십시오. 여러분은 17블록입니다. 나한테는 이곳 질서를 유지해야 할 책임이 있습니다. 고충이 있는 사람은 내게 오십시오. 이제 얘긴 끝났습니다. 자러 가십시오. 한 침대에 두 사람씩. 그럼 편히 쉬십시오.”

처음 들어보는 인간적인 말이었다.

☾

침대에 기어오르자마자 우리는 곯아떨어졌다.

다음 날, 그 고참 수감자는 우리를 따뜻이 대해주었다. 우리는 씻으러 갔고, 새 옷이 지급되었다. 블랙커피도 나왔다.

청소를 한다고 해서 우리는 10시쯤 블록을 비웠다. 밖에는 따뜻한 햇살이 내리쬐고 있었다. 사기가 한층 높아졌다. 밤에 푹 잔 덕분이었다. 친구들끼리 몇 마디 이야기를 주고받았다.

눈에 띄지 않는 사람들 이야기만 빼고 아무 이야기나 다 했다. 곧 종전되리라는 의견이 지배적이었다.

정오 무렵 모두 진한 수프 한 그릇을 배급받았다. 배가 무척 고팠지만 그릇에 손도 대지 않았다. 나는 아직도 옛날 그대로 응석받이였다. 아버지가 내 몫까지 먹어치웠다.

그러고 나서 우리는 블록 그늘에서 잠시 눈을 붙였다. 진흙 구덩이 막사의 친위대가 거짓말을 한 것이 틀림없다. 어쨌거나 아우슈비츠는 요양소였다.

오후에 우리는 다시 정렬했다. 수감자 세 명이 테이블 하나와 의료 기구 몇 개를 가지고 왔다. 우리는 시키는 대로 왼쪽 소매를 걷어 올리고 차례로 테이블 앞을 지나갔다. 손에 바늘을 든 고참 수감자 세 명이 우리 왼팔에 숫자를 새겼다. 내 번호는 A-7713이었다. 그 후 나는 이 번호로만 불렸다.

해 질 무렵에 인원 점검이 있었다. 작업반이 돌아와 있었다. 오케스트라가 수용소 입구 근처에서 군대행진곡을 연주했다. 친위대가 인원 점검을 하는 동안 수만 명에 이르는 수감자들은 열을 지어 서 있었다.

인원 점검이 끝나자 각 블록에서 나온 수감자들은 최근에 들어온 사람 중에 친구나 친척, 이웃이 있는지 찾아보려고 흩어졌다.

며칠이 지났다. 아침에는 블랙커피가 나왔고, 낮에는 수프가 배급되었다. 사흘째 되는 날, 나는 어떤 수프든 게걸스럽게 먹어치웠다. 저녁 6시에 인원 점검이 있었다. 저녁때는 빵과 몇 가지 먹을 것이 나왔다. 우리는 9시에 취침했다.

아우슈비츠에 온 지 벌써 여드레째였다. 우리는 인원 점검을 끝낸 후 해산 종이 울리기를 기다리며 서 있었다. 문득 열 사이를 지나가는 사람이 내 눈길을 끌었다. 그 사람이 묻는 소리가 들렸다.

"시게트에서 온 위젤이 누구요?"

비쩍 마른 얼굴에 안경을 낀 작달막한 사람이었다. 아버지가 대답했다.

"나요. 내가 시게트에서 온 위젤이오."

그 사람은 눈을 가늘게 뜨고 아버지를 한참 바라보았다.

"나를 모르겠소? 못 알아보는군. 당신 친척 슈타인이오. 벌써 잊어버렸소? 슈타인이라니까. 앤트워프의 슈타인. 레이젤 남편. 당신 부인이 레이젤의 이모요. 당신 부인이 우리에게 편지를 보내기도 했는데. 여기, 그 편지가 있소."

아버지는 그 사람을 알아보지 못했다. 유대인 공동체 일에 신경 쓰느라 집안이 어떻게 돌아가는지도 잘 모르던 아버지가 그 사람을 알아볼 리 없었다. 아버지는 늘 골똘히 생각에 잠긴 채 돌아다녔다. 한번은 한 여자 친척이 시게트의 우리 집에 찾아온 적이 있다. 그때도 2주 동안 우리 집에 머무르며 같이 식사를 한 후에야 아버지는 그녀가 온 것을 알아챘다. 아버지는 슈타인을 기억하지 못했지만 나는 바로 그를 알아보았다. 그의 아내 레이젤이 벨기에로 떠나기 전에 본 적이 있다.

슈타인은 1942년에 추방되었다고 했다.

"호송 열차가 시게트에서 왔다는 소릴 듣고 당신을 찾으러 왔소. 당신이 앤트워프에 있는 레이젤과 두 아들의 소식을 알고 있을지도 모른다고 생각해서."

나는 그들에 관해 아는 것이 없었다. 1940년 이후 어머니는 그들에게 편지를 받은 적이 없다. 나는 거짓말을 했다.

"네. 어머니가 소식을 들었다고 하셨습니다. 레이젤은 잘 계시고, 아이들도 잘 있답니다."

슈타인은 기뻐서 흐느꼈다. 아마도 그는 좀 더 머무르며 자세한 이야기를 듣고 싶었을 것이다. 그러나 친위대가 우리 쪽으로 다가오자 내일 다시 오겠다고 말하고는 가버렸다.

해산 종이 울렸다. 우리는 저녁 식사로 빵과 마가린을 받았다. 나는 배가 너무 고파 그 자리에서 배급받은 것을 모두 먹어치웠다. 아버지는 "그렇게 바로 다 먹어버리면 안 된다. 내일 일을 알 수 없으니"라고 말했다.

그러나 그런 충고를 하기에는 이미 너무 늦었다. 내가 배급받은 것을 남김없이 먹어버린 것을 본 아버지는 당신 몫에는 손도 대지 않았다.

"내 것도 마저 먹어라. 배가 고프지 않구나."

우리는 아우슈비츠에 3주 동안 머물렀다. 그동안 아무 일도 하지 않았고, 오후와 밤에는 잠을 실컷 잤다.

다른 곳으로 이송되지 않고 될 수 있는 대로 이곳에 오래 머무르는 것이 우리의 유일한 목표였다. 그것은 어렵지 않았다. 숙련 노동자로 불려 가지만 않으면 되었다. 미숙련공은 끝까지 남아 있었다.

셋째 주에 접어들자 우리 블록 책임자가 갈렸다. 그는 사람이 너무 좋다는 평을 들었다. 새로 온 책임자는 잔인했고, 그의 똘마니들은 극악무도했다. 좋은 시절은 끝났다. 다음번 이송자로 뽑히는 것이 더 낫지 않을까 하는 생각이 들 정도였다.

앤트워프의 친척인 슈타인은 여전히 우리를 찾아왔고, 때로는 먹다가 반쯤 남긴 빵을 가져오기도 했다.

"엘리저, 너 먹어라."

올 때마다 슈타인은 차디찬 뺨에 눈물을 떨어뜨렸다. 슈타인은 아버지에게 이렇게 말하기도 했다.

"아들 잘 보살피게. 몸이 너무 약해. 탈수 증상도 보이고. 몸조심해야 하네. 뽑혀 가서는 안 돼. 닥치는 대로 먹어야 해. 먹을 수 있는 건 다 먹게. 약한 자는 이곳에서 오래 버티지 못해."

그러나 슈타인도 매우 마른 데다 허약했다.

슈타인은 거듭 이렇게 말했다.

"내 목숨이 붙어 있는 건 레이젤과 아이들이 아직 살아 있다는 소식을 들은 덕분이야. 그렇지 않았더라면 버티지 못했을 거야."

어느 날 저녁, 슈타인은 환한 얼굴로 우리를 찾아왔다.

"앤트워프에서 출발한 호송 열차가 막 도착했대. 내일 그 사람들을 만나러 갈 거야. 분명히 처자식 소식을 알고 있을 테지."

그러고는 가버렸다.

우리는 다시는 슈타인을 보지 못했다. 아무래도 소식을 들은 듯했다. 진짜 소식을.

（

저녁이면 우리는 침대에 누워 하시드 노래를 부르기도 했다. 아키바 드루머가 깊고 중후한 목소리로 우리 가슴을 찢어 놓았다.

하나님, '그'의 알 수 없는 태도, 유대 민족의 죄, 앞으로 있을 구원에 대해 이야기하는 사람도 있었다. 나는 이제 더 이상 기도를 하지 않았다. 내 생각은 욥(성서 욥기에 나오는 인물로 가혹한 시련을 견뎌내고 믿음을 굳게 지켰다―옮긴이)과 같았다. 하나님의 존재를 부인하지는 않았으나 하나님이 전적으로 의롭다는 말에는 수긍할 수 없었다.

아키바 드루머는 이렇게 말했다.

"하나님이 우리를 시험하시는 거야. 우리 안에 도사리고 있는 사탄인 천한 본능을 이겨내는지 그렇지 않은지 보시려는 거야. 우리에겐 절망할 권리가 없어. 하나님이 우리를 무자비하게 벌하신다 해도 그건 우리를 그만큼 사랑하신다는 증거야."

카발라에 정통한 헤르시 게누드는 세상의 종말과 메시아의 도래에 대해 말했다.

그런 이야기가 오가는 중에 나는 어머니를 생각했다. 어머니는 지금 어디 계실까? 치포라는…….

"네 엄마는 아직 젊다."

아버지는 이렇게 말한 적이 있다.

"틀림없이 강제노동수용소에 있을 거야. 치포라는 많이 컸
겠지. 치포라도 강제노동수용소에 있을 거다."

그 말을 얼마나 믿고 싶었는지 모른다. 아버지와 나는 믿는
척했다. 아버지나 내가 그 말을 정말로 믿었다면…….

☾

숙련 노동자들은 이미 다른 수용소로 보내졌다. 우리 같은
단순 노동자 100여 명만 남아 있을 뿐이었다.

"이제 너희 차례다."

블록의 책임자가 말했다.

"다음번 이송 때 떠나야 한다."

10시에 우리는 매일 받는 빵을 배급받았다. 친위대 10여 명
이 우리를 에워쌌다. 정문 위에는 "노동은 자유를 준다"라고
쓰여 있었다. 인원 점검을 했다. 우리는 햇살이 내리쬐는 시골
길에 서 있었다. 하늘에는 작은 흰 구름이 몇 조각 떠 있었다.

우리는 천천히 걸어갔다. 경비원들은 서두르지 않았다. 그

것만으로도 기뻤다. 몇몇 마을을 지날 때 지나친 독일군들은 우리를 보고도 놀라지 않았다. 틀림없이 이런 행렬을 많이 본 탓이리라.

도중에 독일인 소녀를 몇 명 보았다. 경비원들이 수작을 걸자 소녀들은 킬킬거렸다. 경비원들은 소녀들에게 키스를 하기도 하고 간지럼을 태우기도 했다. 소녀들은 웃음을 터뜨렸다. 웃기도 하고, 익살을 떨기도 하고, 연애편지를 주고받기도 했다. 그동안 우리는 소리도 치지 못했고, 휘파람을 불 수도 없었다.

네 시간 뒤, 우리는 새로운 수용소 부나에 도착했다. 우리가 안으로 들어서자 철문이 닫혔다.

교수대에 매달린 하나님

수용소는 전염병이 휩쓸고 간 듯 텅 비고 고요했다. 깔끔한 옷을 입은 수감자 몇 명만 블록 사이를 걸어 다니고 있었다.

말할 것도 없이 우리는 샤워장부터 거쳐야 했다. 샤워장에는 수용소장이 기다리고 있었다. 소장은 어깨가 떡 벌어지고 입술이 두툼했으며 곱슬곱슬한 머리카락에 목이 소 모가지 같은 땅딸보인데, 친절한 인상을 풍겼다. 이따금 회청색 눈에 웃음기가 감돌았다. 이번에 이송된 사람 중에는 열 살과 열두 살짜리 아이도 몇 명 끼어 있었다. 소장은 그 아이들에게 관심을 보이더니 먹을 것을 가져다주라고 명령했다.

우리는 새 옷과 함께 막사 두 곳을 숙소로 배정받았다. 작업반에 편입될 때까지 거기서 기다려야 했다. 그런 다음 블록에 배정될 것이라고 했다.

저녁이 되자 작업반들이 작업장에서 돌아왔다. 인원 점검이 있었다. 우리는 아는 사람을 찾아보았고, 고참에게 어느 작업반이 제일 일하기 좋고 어느 블록에 들어가는 것이 좋은지 물었다. 수감자들의 대답은 한결같았다.

"부나는 매우 좋은 수용소입니다. 여기서는 그럭저럭 버틸 만하죠. 건설반에만 배정되지 않으면 괜찮을 겁니다."

마치 우리에게 선택권이 있기라도 한 것처럼…….

우리 막사 책임자는 독일인이었다. 자객 같은 얼굴에 입술이 두꺼웠고, 손은 늑대 발 같았다. 수용소 음식이 입맛에 딱 맞는 듯 그는 움직이기도 힘들 만큼 뚱뚱했다. 소장처럼 그도 아이들을 좋아했다. 우리가 도착하자마자 그는 아이들에게 빵과 수프와 마가린을 가져다주라고 지시했다(사실 이 애정은 이타심에서 나온 것만은 아니었다. 이곳 동성애자들이 뒤에서 아이들을 거래했다는 사실을 나는 나중에야 알았다). 그는 이렇게 말했다.

"사흘간 검역소에서 나와 같이 지낸 후 작업에 투입된다. 내일은 건강검진이 있을 거다."

그의 똘마니 중 눈빛이 교활하고 우락부락하게 생긴 사람이

나에게 다가왔다.

"편한 작업반에 들어가고 싶지?"

"물론입니다. 그러나 아버지와 같이 있어야 한다는 조건이 있습니다."

"알았어. 그 정도야 아무것도 아니지. 네 신발을 준다면 말이야. 내가 다른 걸 하나 갖다 주마."

신발을 내주고 싶지 않았다. 가진 것이라곤 그것밖에 없었다.

"배급으로 빵과 마가린이 나오도록 해주지."

그는 내 신발을 탐냈고, 나는 빼앗기지 않으려 했다. 물론 나중에는 결국 신발을 빼앗기고 말았다. 아무런 보상도 받지 못하고. 아침 일찍 우리는 바깥 벤치에 앉아 있는 의사 세 명 앞에서 건강검진을 받았다.

첫 번째 의사는 시큰둥한 표정으로 그저 이렇게만 물었다.

"어디 아픈 데는 없나?"

누가 아니라고 대답할 수 있겠는가?

한편 치과 의사는 좀 더 꼼꼼한 것 같았다. 입을 벌려보라고 했다. 사실 그는 썩은 이를 찾는 것이 아니라 금니를 찾고 있었다. 그는 금니가 있는 사람들 번호를 적었다. 나도 금니가 하나 있었다.

사흘이 정신없이 지나갔다. 나흘째 되는 날, 막사 앞에 서 있는데 카포들이 나타났다. 각자 마음에 드는 남자를 골랐다.

"너. 너. 너."

그들은 소나 물건을 고르듯 손가락으로 가리켰다.

우리는 젊은 카포를 따라갔다. 그는 수용소 입구에서 가까운 첫 번째 블록 문 앞에 우리를 세웠다. 그곳은 오케스트라 블록이었다. 그는 몸짓으로 안에 들어가라고 지시했다. 우리는 깜짝 놀랐다. 음악으로 무엇을 하란 말인가?

오케스트라는 늘 똑같은 군대행진곡을 연주했다. 수많은 작업반이 그 음악에 맞추어 작업장으로 걸어갔다. 카포들이 박자를 맞추었다.

"왼발, 오른발, 왼발, 오른발."

펜을 든 친위대 장교들이 출발한 사람 수를 적었다. 오케스트라는 마지막 작업반이 지나갈 때까지 같은 행진곡을 계속 연주했다. 지휘자가 지휘봉을 내리자 오케스트라가 조용해졌다. 카포가 소리를 질렀다.

"정렬!"

우리는 악사들과 함께 5열 횡대로 정렬했다. 그리고 음악도 없이 수용소를 나섰다. 그러나 발은 맞추었다. 귓전에는 아직도 행진곡이 들려왔다.

"왼발, 오른발, 왼발, 오른발."

우리는 옆의 악사들과 이야기를 나누었다. 악사는 거의 다 유대인이었다. 율리에크는 창백한 얼굴에 시니컬한 미소를 띠고 안경을 낀 폴란드인이었다. 네덜란드 태생의 루이스는 유명한 바이올리니스트였다. 그는 놈들이 베토벤을 연주하지 못하게 한다고 불평했다. 유대인은 독일 음악을 연주할 수 없었다. 베를린 출신의 젊은 한스는 기지가 넘치는 사람이었다. 작업반장은 한때 바르샤바에서 대학을 다닌 폴란드인 프라네크였다.

율리에크가 상황을 설명해주었다.

"우리는 여기서 멀지 않은 곳에 있는 전기 부품 창고에서 일해. 작업은 힘들지도 않고 위험하지도 않아. 카포 이데크가 가끔씩 발광을 하긴 하지만. 그러니 그놈 앞엔 얼씬거리지 않는 게 좋아."

한스가 웃으며 말했다.

"꼬마야, 넌 참 운이 좋구나. 좋은 작업반에 떨어졌어."

10분 뒤 우리는 창고 앞에 섰다. 민간인 '마이스터'인 독일인 고용인이 왔다. 그는 마치 누더기 옷을 납품받은 가게 주인처럼 우리를 대했다. 카포는 이 작업의 중요성에 대해 장황하게 늘어놓았다. 그러고 나서 게으름을 피운 자는 대가를 치르게 될 거라고 경고했다. 새로 알게 된 동료가 나를 안심시켰다.

"걱정 마. 마이스터 눈치 보느라고 하는 말이야."

이곳에는 폴란드 민간인도 많았고, 프랑스 여자들도 더러 있었다. 여자들은 말없이 눈으로 악사들에게 인사했다.

작업반장인 프라네크는 나를 구석 자리에 배정했다.

"자살하면 안 돼. 서두를 건 없어. 친위대 눈에 띄지 않도록 조심하고."

"저…… 아버지 곁에 있고 싶어요."

"알았어. 네 옆에서 일하게 해주지."

우리는 운이 좋았다.

요시와 티비, 두 소년이 우리 그룹에 합류했다. 체코슬로바키아 출신인 두 형제의 부모는 비르케나우에서 희생되었다. 그들은 오로지 서로를 위해 살았다.

그들과 나는 금방 친구가 되었다. 시오니스트 청년 단체에서 활동한 그들은 히브리 노래를 많이 알고 있었다. 그래서 우리는 요르단 강의 잔잔한 물결과 예루살렘의 장엄한 거룩함을 떠올리게 하는 노래를 콧노래로 부르기도 했다. 팔레스타인에 대해 이야기하기도 했다. 그들의 부모는, 우리 아버지처럼 모든 것을 팔아치우고 아직 시간이 있을 때 이주할 용기를 내지 못했다. 우리는 해방되는 그날까지 살 수 있다면 유럽에는 단 하루도 머무르지 않기로 결심했다. 하이파행 첫 배를 타기로 했다.

아직도 카발라의 꿈에 빠져 있는 아키바 드루머는 성서의 한 구절을 새롭게 발견했다. 숫자로 번역된 그 구절 덕분에 드루머는 앞으로 몇 주 내에 해방될 것이라고 예언할 수 있었다.

☾

우리는 막사를 나서서 오케스트라 블록으로 향했다. 이제 담요, 세숫대야, 비누의 사용이 허용되었다. 블록 책임자는 독일계 유대인이었다.

유대인이 책임자라서 참 다행이었다. 얼굴이 몹시 얽은 젊은이로 이름은 알퐁스였다. 그는 자신의 블록을 지키는 데만 전념했다. 기회가 닿을 때마다 자유보다는 어린이나 약자 들, 주린 배를 채우길 원하는 사람들을 위해 수프 냄비를 가로채려고 애썼다.

☾

어느 날 전기 부품 창고에서 돌아오자마자 나는 블록 책임자의 호출을 받았다.

"A-7713번인가?"

"네."

"식사한 후에 치과 의사한테 가봐."

"저는…… 이는 안 아픈데요."

"식사 후에 꼭 가."

나는 진료소 블록으로 갔다. 수감자 20여 명이 입구에 줄을 서서 기다리고 있었다. 곧 불려 온 이유를 알 수 있었다. 금니를 빼려는 것이었다.

체코슬로바키아 출신의 유대인 치과 의사는 얼굴이 데스마스크 같았다. 그가 입을 벌리자 썩은 누런 이가 보였다. 나는 의자에 앉아 얌전하게 물었다.

"어떻게 하시려고요?"

"금니를 뽑으면 돼."

그가 냉담하게 말했다.

나는 꾀병을 부리기로 했다.

"며칠만 기다려주시면 안 될까요? 지금은 아파요. 열도 나고."

그는 이맛살을 찌푸리며 잠시 생각하더니 내 맥박을 짚었다.

"알았다. 낫거든 와. 그러나 부르기 전에 와야 해."

나는 일주일 뒤에 치과 의사에게 가서 아직 덜 나았다고 똑

같은 핑계를 댔다. 그는 놀라는 것 같지도 않았다. 내 말을 믿는지 안 믿는지도 알 수 없었다. 약속대로 제 발로 와준 것에 만족하는 듯했다. 그는 또 날짜를 연기해주었다.

며칠 후 치과 의사 사무실이 폐쇄되었다. 그는 투옥되어 교수형을 기다리고 있었다. 자기 배를 채우려고 수감자의 금니를 팔아먹은 듯했다. 불쌍하다는 생각은 들지 않았다. 그 사람 덕분에 금니를 빼앗기지 않은 것만도 천만다행이었다. 금니는 언젠가 빵이나 생필품을 사거나 목숨을 연명하는 데 유용할 터였다. 당시에는 수프 그릇과 딱딱한 빵 조각 외에는 아무것도 중요하지 않았다. 빵과 수프는 바로 내 목숨이었다. 나는 몸뚱어리뿐이었다. 굶주린 배는 훨씬 졸아들었을 것이다. 배만이 시간을 재고 있었다.

☾

창고에서 나는 가끔 젊은 프랑스 여자 옆에서 일했다. 우리는 이야기를 하지 않았다. 프랑스 여자는 독일어를 몰랐고, 나는 프랑스어를 몰랐기 때문이다.

나는 그 여자가 유대인처럼 보인다고 생각했다. 그러나 그 여자는 아리안족으로 판정받았다. 그 여자 역시 강제로 수용소에 끌려온 사람이었다.

어느 날 하필 이데크가 길길이 날뛰고 있을 때 그 앞을 지나가게 되었다. 이데크는 나에게 달려들어 가슴과 머리를 때리고 땅에 패대기치더니 일으켜 세워 피투성이가 되도록 미친 듯이 구타했다. 아팠지만 울부짖지 않으려고 입술을 깨물었다. 그러자 이데크는 대드는 것으로 착각하고 더욱 난폭하게 때려댔다.

그러다가 이데크는 갑자기 진정하더니 아무 일 없었다는 듯 나를 일자리로 돌려보냈다. 마치 두 사람의 역할이 똑같이 중요한 시합을 한바탕 벌인 듯했다.

나는 몸을 질질 끌며 구석 자리로 갔다. 온몸이 쑤셨다. 차가운 손이 내 이마의 피를 훔치는 게 느껴졌다. 프랑스 여자였다. 그녀는 딱딱한 빵 조각을 재빨리 건네주면서 애잔한 웃음을 지었다. 그러더니 내 눈을 빤히 들여다보았다. 내게 말을 걸고 싶지만 무서워서 입을 열지 못한다는 것을 알아챘다. 그녀는 한동안 잠자코 있더니 살짝 웃으며 거의 완벽한 독일어로 말했다.

"입술을 깨물어. 울면 안 돼. 훗날을 위해 분노나 증오를 삭여야 해. 당장은 아니지만 그날은 반드시 올 거야. 이를 악물고 기다려."

（

　몇 년 후, 파리에서 나는 지하철에 앉아 신문을 읽고 있었다. 검은 머리카락에 눈빛이 꿈꾸는 듯한 한 아리따운 여자가 통로를 가로질러 왔다. 그런 눈빛을 언젠가 본 적이 있었다.

"부인, 절 알아보시겠습니까?"

"모르겠는데요."

"1944년에 폴란드 부나에 있었죠?"

"그렇긴 한데……."

"전기 부품 창고에서 일했지요?"

"네."

그 여자는 불안해하는 듯 보였다. 잠자코 있더니 말했다.

"아, 기억나요."

"이데크, 그 카포 녀석. 유대인 소년. 당신이 건넨 상냥한 말."

　우리는 지하철에서 내려 카페테라스에 자리를 잡았다. 옛일을 회상하며 그날 저녁을 함께 보냈다. 헤어지기 전에 나는 "한 가지만 더 물어봐도 되겠습니까?"라고 말했다.

"무슨 말을 할지 알아요. 제가 유대인이냐는 거죠? 유대인 맞아요. 우리 집안사람들은 눈썰미가 대단했어요. 나치 점령기에 나는 가짜 문서를 가지고 아리아인 행세를 했죠. 그러다 가 강제노동부대에 배정됐어요. 독일로 이송될 때 강제수용소로 보내지는 걸 교묘히 피할 수 있었죠. 창고에서는 독일 말을 일절 쓰지 않았어요. 그러지 않았다면 아마 의심받았을 거예요. 경솔하게도 당신에게 독일어로 몇 마디 말을 하긴 했지만, 당신이 날 배반하지 않으리라는 걸 알고 있었죠."

한번은 독일군 병사 몇 명의 감시 아래 디젤 발동기를 화물 열차에 싣는 작업을 했다. 이데크는 가장자리에 서서 애써 자신을 억누르고 있었다. 갑자기 이데크가 발광했다. 이번에는 아버지가 희생양이 되었다.

"이 늙은 게으름뱅이야!"

이데크가 버럭 소리를 질렀다.

"그걸 일이라고 해?"

그러고는 쇠막대로 아버지를 때리기 시작했다. 처음에는 언어맞으며 웅크리기만 했던 아버지가 나중에는 벼락 맞은 고목처럼 둘로 쪼개진 듯이 보였다.

나는 꼼짝도 않고 아버지가 맞는 모습을 지켜보았다. 아무 말도 하지 못했다. 사실은 그 모습을 보지 않으려고 슬그머니 자리를 피해버릴까 생각하기도 했다. 더구나 그때 화가 치밀었다 해도 그건 카포 때문이 아니라 아버지 때문이었다. 왜 아버지는 이데크의 발광을 피하지 못했을까? 수용소 생활이 나를 그렇게 변화시켰다.

어느 날 작업반장 프라네크가 내 금니를 보고 눈독을 들였다.

"금니 내놔."

나는 금니가 없으면 아무것도 먹지 못하기 때문에 줄 수 없다고 대답했다.

"그놈들이 먹을 것을 뭐 때문에 주는데……."

그리고 내 금니가 건강검진 때 명부에 등재되었다고 둘러댔다. 이 변명은 우리 두 사람에게 걱정거리가 될 수도 있었다.

"금니를 내놓지 않으면 더 손해 볼걸!"

쾌활하고 똑똑하던 이 젊은이가 돌변했다. 그의 눈은 탐욕으로 번들거렸다. 나는 아버지에게 물어봐야 한다고 말했다.

"가서 물어봐. 하지만 내일까진 알려줘야 해."

사정을 말하자 아버지는 망설였다. 한참 후에야 입을 열었다.

"안 된다, 엘리저. 그렇게 할 순 없어."

"그놈이 복수할 텐데요!"

"그래도 안 돼."

불행히도 프라네크는 방법을 알고 있었다. 내 약점을 알고 있었던 것이다. 아버지는 군대에 갔다 오지 않아 박자에 맞추어 걷지 못했다. 결국 그 때문에 빌미를 잡혔다. 프라네크는 매일 아버지를 무자비하게 때렸다.

왼발, 오른발. 프라네크는 아버지를 주먹으로 세게 쳤다. 왼발, 오른발. 프라네크는 아버지를 세게 걷어찼다.

나는 박자에 맞추어 걷는 법을 아버지에게 가르쳐주기로 결심했다. 아버지와 나는 우리 블록 앞에서 걷는 연습을 했다. 내가 "왼발, 오른발!" 하고 말하면 아버지는 열심히 따라 하려고 했다.

수감자들이 놀려댔다.

"저 꼬마 장교 좀 봐. 늙은이에게 걷는 법을 가르치고 있네. 어이, 꼬마 장군. 가르쳐주는 대가로 늙은이한테 빵을 몇 개나 받지?"

그러나 아버지는 별로 진척을 보이지 않았다. 그래서 계속 얻어맞았다.

"저런! 늙은 무지렁이 같으니. 아직도 박자에 맞춰 못 걸어?"

이런 일이 2주나 계속되었다. 더는 버틸 수 없었다. 결국 우리는 굴복할 수밖에 없었다. 그날 프라네크는 잔인한 웃음을 터뜨렸다.

"이미 알고 있었어. 내가 이기리라는 것을. 진작 말을 들을 것이지. 날 기다리게 했으니 빵 배급이 줄어들 거야. 바르샤바 출신의 유명한 치과 의사인 내 친구에게 줘야 해. 네 금니를 뽑아주는 데 대한 보답을 해야지."

"뭐라고요? 내 금니도 가져가고 빵 배급도 줄인다고요?"

프라네크는 실실 웃었다.

"그럼 어떻게 할까? 주먹으로 뽑아줄까?"

그날 저녁 바르샤바 출신의 치과 의사는 간이 변소에서 녹슨 숟가락으로 내 금니를 뽑았다.

프라네크는 다시 쾌활해졌다. 수프를 더 주기도 했다. 그러나 그것도 오래가지 못했다. 2주 후 폴란드인은 모두 다른 수용소로 이송되었다. 괜히 금니만 날려버린 셈이 되었다.

☾

폴란드인이 떠나기 며칠 전, 나는 희한한 경험을 했다.

일요일 아침이었다. 그날은 작업이 없었다. 그런데도 이데크는 우리를 수용소에서 내몰았다. 창고로 가야 했다. 놀랍게도 갑자기 작업이 하고 싶어졌다. 하지만 창고에 도착하자 이데크는 우리를 프라네크에게 떠맡겼다. "뭐든 너 좋을 대로 해. 하지만 뭔가를 하긴 해야 해. 그렇지 않으면 나한테……"

하는 말과 함께.

그러고는 가버렸다.

우리는 어찌할 줄 몰랐다. 바닥에 웅크리고 앉아 있는 데 물린 우리는 민간인들이 깜빡 잊고 놔두고 갔을지 모르는 빵 조각 따위가 눈에 띄지 않을까 싶어 교대로 창고를 이리저리 돌아다녔다.

창고 뒤쪽에 이르렀을 때 창고에 딸린 작은 방에서 이상야 릇한 소리가 새어 나오는 것을 들었다. 가까이 다가가 보니 반라의 이데크와 어린 폴란드 소녀가 거적 더미 위에서 뒹굴고 있었다. 그제야 이데크가 일요일 아침에 우리를 수용소에서 내몬 이유를 알게 되었다. 이 소녀와 섹스를 하려고 수감자 100명을 끌고 온 것이다! 우스꽝스럽다는 생각이 들어 웃음이 다 터져 나왔다.

이데크는 벌떡 일어나더니 몸을 돌려 나를 보았고, 소녀는 가슴을 가리려고 했다. 달아나려고 했으나 못이라도 박힌 듯 발이 바닥에서 떨어지지 않았다. 이데크가 내 멱살을 움켜쥐었다. 그러고는 위협적인 목소리로 을러댔다.

"잠깐만 기다려. 자리를 이탈한 대가가 어떤 건지 알게 될 거야. 나중에 따끔한 맛을 보여주지. 제자리로 돌아가."

（

작업 종료 시간을 30분 앞두고 카포는 작업반원을 모두 집합시켰다. 인원 점검이 있었다. 무슨 일이 일어날지 아무도 몰랐다. 이 시간에 인원 점검을 하다니? 이곳에서? 나만 그 이유를 알고 있었다. 카포가 몇 마디 했다.

"일반 수감자는 다른 사람 일에 끼어들 권리가 없다. 그런데 너희 중 한 명은 이걸 이해하지 못하는 것 같다. 그놈이 알아듣도록 따끔한 맛을 보여주겠다."

등을 타고 식은땀이 흘러내렸다.

"A-7713!"

나는 한 걸음 앞으로 나섰다.

"나무틀!"

이데크가 명령했다.

사람들이 나무틀을 가지고 왔다.

"이 위에 누워! 배가 위로 오도록!"

시키는 대로 했다. 채찍질 외에는 아무것도 느낄 수 없었다.

"하나! 둘!"

이데크는 숫자를 세며 쉬엄쉬엄 채찍질을 했다. 처음 맞았을 때는 정말로 아팠다. 숫자를 세는 이데크의 소리에 귀를 기

울었다.

"열. 열하나."

그의 목소리는 나직해서 두꺼운 벽 너머에서 들려오는 듯했다.

"스물셋."

의식이 가물가물한 와중에도 두 번 남았다고 생각했다.

카포는 기다리고 있었다.

"스물넷. 스물다섯!"

채찍질이 끝났지만 알아차리지 못했다. 그대로 실신해버린 것이다. 찬물을 뒤집어쓰고서야 정신을 차렸다. 나는 아직도 나무틀에 누워 있었다. 몽롱한 상태에서도 주위의 젖은 땅이 눈에 들어왔다. 누군가 내지른 고함이 들렸다. 틀림없이 카포일 것이다. 나는 비로소 이데크가 소리 지르는 말을 알아들었다.

"일어나!"

일어나려고 용을 써봤지만 도로 나무틀에 넘어지고 말았다. 정말로 일어나고 싶었다.

"일어서!"

이데크가 더 크게 고함을 질렀다.

대답을 할 수 있다면, 꼼짝할 수 없다고 말할 수 있다면……. 그러나 입이 떨어지지 않았다.

이데크의 명령을 좇아 수감자 두 명이 나를 일으켜 세워서 그에게 끌고 갔다.

"내 눈을 똑바로 봐!"

이데크를 노려보았다. 나는 아버지를 생각하고 있었다. 아버지는 나보다 더 고통스러웠을 것이다.

"잘 들어, 이 돼지 새끼야!"

이데크가 차갑게 말했다.

"이만하면 네 호기심에 대한 대가로 충분하겠지. 네가 본 걸 발설했다가는 다섯 배로 당하게 될 거다! 알았나?"

고개를 끄덕였다. 한 번, 두 번…… 열 번……. 내 머리는 영원히 그렇게 하기로 작정이라도 한 듯 계속 아래위로 흔들렸다.

(

어느 일요일, 아버지를 포함한 우리 그룹의 반은 작업을 하고, 나를 포함한 나머지 반은 쉬고 있었다.

10시쯤 사이렌이 울리기 시작했다. 경계경보였다. 블록 책임자는 우리를 블록 안으로 집합시켰고, 친위대는 은신처에 몸을 숨겼다. 경계경보 중에는 경비원들이 망루를 비우고 철조망에 전기가 끊겨 비교적 도망치기 쉬웠다. 그래서 블록 밖에서 발견되는 자에게는 무조건 발포하라는 명령이 친위대에게 떨어진 터였다.

수용소는 바로 폐선처럼 변했다. 길에는 쥐새끼 한 마리 얼씬하지 않았다. 취사실 옆에는 뜨거운 김이 모락모락 나는 수프 솥 두 개가 그대로 방치되어 있었다. 수프 솥 두 개! 길 한가운데서 부글부글 끓는 수프 솥 두 개가 지키는 사람 없이 보는 눈을 유혹하고 있었다. 왕실 잔치는 저리 가라였다! 이보다 더한 유혹은 없었다. 욕망으로 번들거리는 수백 개의 눈이 솥을 주시하고 있었다. 늑대 수백 마리가 새끼 양 두 마리를 노리고 있었다. 물고 가기만 하면 되는, 지키는 목자가 없는 새끼 양 두 마리. 그러나 누가 감히 나서겠는가.

두려움이 굶주림보다 우위에 있었다. 그때 37블록의 문이 살짝 열리는 것이 보였다. 누군가 솥을 향해 뱀처럼 기어갔다.

수백 개의 눈동자가 그의 일거수일투족을 지켜보았다. 수백 명이 그와 같이 땅바닥을 기었다. 흙바닥에서 서로 몸을 부딪치며. 모두 떨리는 심장을 진정시키려 애썼다. 대개 질투 때문이었다. 실제로 덤벼든 사람은 그 사람뿐이었다.

그가 드디어 첫 번째 솥에 이르렀다. 심장이 더욱 방망이질했다. 그가 성공한 것이다. 모두 질투심에 불탔다. 그러면서도 그를 존경하고픈 마음은 일지 않았다. 불쌍한 영웅이 수프 두

세 그릇에 목숨을 걸고 있었다. 그는 이미 죽은 목숨이나 마찬가지였다.

솥 근처 땅바닥에 엎드려 있던 그가 몸을 일으켜 세우려고 했다. 하지만 잠시 동안 꼼짝도 하지 않았다. 우유부단해서도 아니었고, 두려워서도 아니었다. 보나 마나 온 힘을 모으기 위해 그랬을 것이다. 마침내 그는 솥 가장자리를 잡고 일어서는 데 성공했다. 잠시 동안 그는 수프 속에서 자기 자신을 찾는 듯 보였다. 수프에 희미하게 비친 자신의 모습을 찾고 있는 듯했다. 그러다가 어찌된 영문인지 난생처음 들어보는 끔찍한 외마디 비명을 지르더니 입을 떡 벌린 채 아직도 김이 모락모락 나는 수프 속으로 머리를 처박았다. 우리는 총성을 듣고 움찔했다. 땅바닥에 쓰러진 그의 얼굴은 수프로 범벅이 되어 있었다. 그는 솥 밑에서 몇 초간 몸부림치다가 곧 잠잠해졌다.

그때 비행기 소리가 들려왔다. 거의 동시에 막사가 흔들리기 시작했다.

"부나 공장이 폭격을 당하고 있다!"

누군가가 외쳤다.

작업 중인 아버지가 걱정되긴 했지만 나는 기뻤다. 불길에 휩싸이는 공장을 보는 것, 얼마나 통쾌한 보복인가! 독일군이 여러 전선에서 패배했다는 소리를 듣기는 했지만 그 말을 믿어도 될지 확신할 수 없었다. 그런데 오늘 보니 사실이 아닌가!

우리는 두렵지 않았다. 폭탄이 만약 우리 블록에 떨어졌다면 수감자 수백 명이 목숨을 잃었을 것이다. 그러나 이렇게 죽든 저렇게 죽든 매한가지. 이제 더 이상 죽음이 두렵지 않았다. 떨어지는 폭탄을 보며 우리는 기뻐했고 새로운 확신을 얻었다.

공습은 한 시간 넘게 계속됐다. 열 시간 동안 계속되면 얼마나 좋을까. 하지만 다시 침묵이 찾아들었다. 마지막 미군 비행기가 남긴 소리가 바람에 흩어졌다. 우리는 다시 자신의 무덤속에 있게 되었다. 검은 연기가 지평선 위로 길게 피어올랐다. 사이렌이 다시 울렸다. 공습은 끝났다.

모두 블록 밖으로 나왔다. 우리는 불길과 연기로 뒤덮인 공기를 들이마셨다. 눈은 희망으로 반짝거렸다. 폭탄 한 발이 수용소 한복판에 떨어졌으나 폭발하지는 않았다. 우리는 불발탄을 수용소 밖으로 치워야 했다.

수용소장이 측근과 우두머리 카포를 데리고 수용소를 시찰했다. 공습 현장을 둘러보는 소장의 얼굴에는 공포의 그림자가 짙게 드리워져 있었다.

수용소 한가운데는 얼굴이 수프로 범벅된 유일한 희생자의 시체가 있었다. 솥은 취사실로 옮겨졌다.

친위대들은 망루의 보초 자리로 되돌아가 기관총을 앞에 두고 섰다. 이제 쉬는 시간은 끝났다.

　한 시간 뒤에 작업반이 평소처럼 발맞추어 돌아오는 것이 보였다. 다행히도 아버지가 눈에 띄었다.

　"건물 몇 채가 폭삭 주저앉았다. 그러나 창고는 멀쩡해."

　아버지가 말했다.

　오후에 우리는 즐거운 마음으로 잔해를 치우러 나갔다.

☾

　일주일 뒤, 작업장에서 돌아와 보니 수용소 한가운데 집회소에 검은 교수대가 세워져 있었다.

　평소보다 인원 점검을 하는 데 오랜 시간이 걸릴 것을 직감했다. 수프는 그 뒤에야 배급될 것이다. 명령이 다른 날보다 엄했고, 이상한 불안감이 감돌았다.

　"탈모!"

　수용소장이 갑자기 소리를 질렀다.

　1만여 명이 일제히 모자를 벗었다.

　"착모!"

　모두 번개같이 모자를 썼다.

수용소 문이 열렸다. 친위대가 나타나 세 걸음 간격으로 우리를 에워쌌다. 망루의 기관총이 집회소를 향하고 있었다.

"공포감을 조장하고 있어."

율리에크가 나직이 말했다.

친위대 두 명이 독방 감옥으로 가더니 사형수를 끌고 돌아왔다. 사형수는 바르샤바에서 끌려온 소년으로 이 수용소에서 3년을 보낸 수감자였다. 키가 크고 건장했다. 나에 비하면 거인이었다.

사형수는 재판관인 소장 쪽으로 얼굴을 향한 채 교수대에 묶여 있었다. 낯빛이 창백했으나 겁에 질렸다기보다는 엄숙해 보였다. 쇠고랑을 찬 그의 손은 떨리지 않았다. 그의 두 눈은 그를 둘러싼 수백 명의 친위대 경비병과 수천 명에 이르는 수감자를 차갑게 둘러보고 있었다.

소장은 한마디 한마디 힘주어 판결문을 읽었다.

"제국의 지도자 힘러의 이름으로…… 수감 번호 ……는 공습 중에 물건을 훔쳤다. 법에 따라…… 수감 번호 ……를 교수형에 처한다. 모든 수감자에게 본보기가 되도록……."

모두 얼어붙은 듯 그 자리에 서 있었다.

나는 심장이 방망이질하는 것을 느꼈다. 아우슈비츠, 비르케나우 그리고 화장장에서 매일 죽어간 수천 명에 이르는 사람들도 나를 두렵게 하진 못했다. 그러나 교수대에 매달릴 이 소년은 내 마음을 세차게 흔들어놓았다.

"금방 끝나겠지? 배고파 죽겠는데."

율리에크가 나직이 말했다.

소장이 신호를 보내자 카포가 젊은 사형수에게 다가갔다. 수감자 두 명이 도왔다. 수프 두 그릇을 훔친 대가였다.

카포가 눈을 가리려 하자 소년은 거부했다.

길게 느껴지는 시간이 지난 후 사형 집행인이 소년의 목에 밧줄을 감았다. 사형 집행인이 소년의 발밑에 있는 의자를 치우라는 신호를 보내는 순간 소년은 나직하고도 힘찬 목소리로 외쳤다.

"자유 만세! 독일인에게 저주를! 저주를!"

사형 집행인은 임무를 완수했다.

칼날 같은 명령이 허공을 갈랐다.

"탈모!"

수감자 1만여 명이 경의를 표했다.

"착모!"

모든 수감자가 블록별로 교수형 당한 소년 옆을 지나가며 감긴 눈과 축 늘어진 혀를 보았다. 카포들이 소년의 얼굴을 정면으로 쳐다보도록 다그쳤다.

그러고 나서야 우리는 블록으로 돌아가 식사를 할 수 있었다. 그날 저녁 수프는 어느 때보다 유난히 맛있었다.

（

그 밖에도 몇 번인가 교수형을 목격했다. 하지만 단 한 번도 희생자가 우는 것을 본 적이 없다. 쇠약해진 몸뚱어리들은 오래전에 눈물의 쓴맛을 잊어버렸다.

예외가 있긴 했다. 52케이블 작업반의 카포 우두머리는 네덜란드인이었다. 키가 1미터 80센티미터가 넘었다. 그는 700여 명에 이르는 수감자를 관리했는데 모든 수감자가 그를 형제처럼 사랑했다. 그에게 얻어맞거나 모욕당한 사람은 단 한 명도 없었다.

피펠이라 부르는 어린 소년이 그의 시중을 들었다. 소년의 얼굴은 수감자라고는 도저히 믿을 수 없을 만큼 우아하고 아름다웠다. (부나에서는 모두 피펠을 미워했다. 피펠은 종종 그들의 상관보다 잔인하게 굴기도 했다. 나는 열세 살 난 어떤 피펠이 잠자리를 제대로 깔지 않았다는 이유로 자기 아버지를 때리는 것을 본 적이 있다. 말없이 흐느끼는 노인에게 그 소년은 소리를 질렀다. "당장 그치지 않으면 빵을 주지 않을 거야. 알았어?" 그러나 이 네덜란드인을 시중드는 피펠은 모든 사람에게 사랑을 받았다. 그의 얼굴은 비탄에 잠긴 천사 같았다.)

어느 날 부나의 중앙 발전소에 전기가 나갔다. 피해 상황을 조사하러 모인 게슈타포는 사보타주* 때문에 일어난 일이라고 결론을 내렸다. 그들은 발자국을 찾아냈다. 그 발자국은 네덜란드인 카포 우두머리의 블록으로 향했다. 수색 끝에 그들은 꽤 많은 무기를 발견했다. 카포 우두머리는 현장에서 체포되었다. 그는 몇 주 동안 고문을 받고도 입을 열지 않았다. 끝내 이름을 불지 않았다. 그는 아우슈비츠로 이송되었고, 다시는 그의 소식을 들을 수 없었다.

그의 어린 피펠은 독방에 갇혔다. 소년도 고문을 받았으나 입을 열지 않았다. 그러자 친위대는 이 소년과, 무기를 소지하고 있다가 발각된 수감자 두 명에게 교수형을 선고했다.

어느 날 작업을 마치고 돌아와 보니 집회소에 갈까마귀, 곧 교수대 세 개가 세워져 있었다. 인원 점검이 있었다. 여느 때처럼 친위대가 우리를 에워쌌고, 기관총은 우리를 겨누었다. 수감자 세 명이 쇠사슬에 묶여 있었다. 그중 한 명은 슬픈 눈을 한 어린 천사 피펠이었다.

---

* 사용자의 부당한 처상에 항의하기 위해 의도적으로 일을 게을리하여 손해를 주는 노동자의 쟁의 행위.

친위대는 여느 때보다 긴장한 듯 보였다. 수천 명이 보는 앞에서 어린아이를 목매달아 죽이는 것은 예삿일이 아니었다. 수용소장이 판결문을 읽는 동안 사람들의 눈은 그 아이에게 쏠려 있었다. 소년은 낯빛이 창백했으나 평온을 잃지 않았다. 그러나 교수대 그림자를 밟고 선 채 입술을 깨물고 있었다.

이번에는 카포가 교수형 집행을 거부했다. 친위대 세 명이 집행관으로 나섰다.

사형수 세 명이 의자 위로 올라갔다. 그들의 목에 일제히 올가미가 걸렸다.

"자유 만세!"

두 사람이 소리쳤다.

그러나 소년은 말이 없었다.

"자비로운 하나님은 어디에 있는가? 하나님은 어디에 있는가?"

누군가가 내 뒤에서 물었다.

신호가 떨어지자 의자 세 개가 넘어졌다.

수용소는 물을 끼얹은 듯 조용했다. 지평선 너머로 해가 지고 있었다.

"탈모!"

소장이 외쳤다.

그의 목소리가 조금 떨렸다. 우리는 모두 흐느끼고 있었다.

"착모!"

우리는 희생자 앞을 지나갔다. 두 사람은 이미 숨이 끊어졌다. 그들의 혀는 축 늘어진 데다 부풀어 오르고 푸르스름했다. 그러나 세 번째 밧줄은 아직 움직이고 있었다. 너무 가벼운 그 아이는 아직도 숨을 쉬고 있었다.

소년은 우리가 보는 앞에서 30분 넘게 몸부림치며 삶과 죽음의 경계를 넘나들었다. 우리는 가까이서 소년을 보아야만 했다. 내가 지나갈 때도 소년은 살아 있었다. 혀는 아직도 붉었고, 눈도 여전히 감기지 않았다.

내 뒤에서 아까 그 사람이 다시 묻는 소리가 들렸다.

"하나님은 어디에 있는가?"

그때 내 안에서 어떤 목소리가 대답하는 것을 들었다.

"하나님이 어디 있느냐고? 여기 교수대에 매달려 있지."

그날 저녁 수프는 시체 맛이 났다.

마지막 밤

여름도 끝나가고 있었다. 유대력으로는 한 해가 거의 끝났다. 그 저주받은 해의 마지막 날인 로시 하샤나를 하루 앞두고 수용소 전체가 동요했고, 모두 바싹 긴장했다. 무엇보다도 그날은 여느 날과 달랐다. 한 해의 마지막 날이었다. '마지막'이란 말이 묘한 여운을 남겼다. 정말 마지막 날이면 어떻게 하나?

저녁 식사로 특별히 걸쭉한 수프가 배급되었으나 아무도 손대지 않았다. 기도가 끝날 때까지 기다리고 싶었다. 고뇌로 가득한 수천 명의 유대인이 전기 철조망으로 둘러싸인 집회소에 말없이 모여 있었다. 어둠이 빠르게 뒤덮었다. 각 블록에서 수감자들이 꾸역꾸역 몰려들어 급기야 시간과 공간마저 집어삼킬 것 같았다.

하나님은 무엇을 하는 분인가? 나는 분노에 차서 골똘히 생각에 잠겼다. 당신은 믿음, 분노, 저항을 증언하기 위해 모여든 이 상처받은 무리와 어떻게 맞서렵니까? 비겁한 사람들, 썩어 없어질 사람들, 불쌍한 사람들 앞에서 우주의 주재자인 당신의 위대함은 무엇을 의미합니까? 왜 이 사람들의 아픈 몸과 마음을 계속 괴롭히는 겁니까?

☾

1만여 명이 엄숙한 의식에 참가하기 위해 모였다. 수용소장, 카포들 그리고 '죽음'을 집행한 관리들이 모두 모였다.

"주여, 축복받으소서."

의식을 주재하는 수감자의 목소리가 막 들려왔다. 처음에는 바람 소리인 줄 알았다.

"하나님의 이름이 축복받으시고……."

수천 명이 축도를 따라 했다. 폭풍우를 맞은 나무처럼 허리를 구부리고.

하나님의 이름이 축복받는다고?

왜, 내가 왜 하나님의 이름을 축복해야 하나? 내 속의 모든 세포가 반항했다. 수천 명의 어린이를 '그'의 공동묘지에서 불타게 했기 때문인가? 안식일이고 축일이고 없이 화장장 여섯 곳을 밤낮으로 가동시켰기 때문인가? 그의 무한한 힘으로 아우슈비츠, 비르케나우, 부나, 그 밖에 많은 죽음의 공장을 만들었기 때문인가? 많은 민족 가운데 우리를 택해 밤낮으로 고문에 시달리게 하고 우리 아버지들과 어머니들, 그리고 형제들이 용광로에서 죽는 것을 지켜본 마당에 우주의 주재자인 하나님에게 어떻게 축복받으라고 말할 수 있겠는가? 우리를 택해 '그'의 제단에서 학살당하도록 이끈 '그'의 성스러운 이름을 축복하라고?

그 수감자의 목소리가 높아졌다. 그의 목소리는 힘이 있었으나 모인 사람들의 울음과 흐느낌, 그리고 한숨 때문에 간간이 끊겼다.

"온 세상과 온 우주는 하나님의 것입니다!"

그 말에 담긴 의미를 발견할 힘이 없는 듯 그 수감자는 한동안 말이 없었다. 목이 메어 말이 나오지 않았다.

신비주의자였던 나는 이런 생각을 하고 있었다. 그렇다. 사람은 하나님보다 강하고 위대하다. 아담과 이브가 당신을 속

였을 때 당신은 그들을 낙원에서 추방했다. 노아의 세대에게 화가 났을 때 당신은 대홍수를 내렸다. 소돔이 당신의 총애를 잃었을 때 당신은 하늘에서 불과 저주를 퍼부었다. 그러나 당신의 배반으로 날마다 고문당하고, 학살당하고, 독가스를 마시고, 산 채로 불태워지는 이 사람들을 보라. 이 사람들이 무엇을 하고 있는가? 당신 앞에서 기도하고 있다! 당신의 이름을 찬양하고 있다!

"모든 피조물은 당신의 위대함을 증언합니다!"

지난날에는 로시 하샤나가 내 삶을 지배했다. 내가 지은 죄가 하나님을 슬프게 했다는 것을 알기에 용서를 빌었다. 그 시절에는 세상의 구원이 내 행동 하나하나에, 내 기도 하나하나에 달려 있다고 온전히 믿었다.

그러나 이제는 간구하지 않았다. 슬퍼하지도 않았다. 그러기는커녕 내가 매우 강해진 것을 느꼈다. 나는 고발자였고, 고발당한 쪽은 하나님이었다. 나는 두 눈을 뜬 채 혼자 있었다. 하나님도 없고 사람도 없는 이 세상에 정말 나 혼자 있었다. 사랑도 없고, 자비도 없었다. 나는 잿더미에 지나지 않았다. 그러나 내 삶을 오랫동안 지배한 전능자보다 강하다고 느꼈다. 기도하러 모인 사람들 틈에서 내가 관찰자, 이방인이라는 생각이 들었다.

의식은 카디시 암송으로 끝났다. 모두 부모, 자식 그리고 자신을 위해 카디시를 암송했다.

우리는 오랫동안 집회소에 서 있었다. 그 기묘한 순간에서 빠져나올 수 없었다. 자러 갈 시간이 되어서야 수감자들은 천천히 각자 블록으로 돌아갔다. 나는 모두 자신에게 "새해 복 많이 받기를"이라고 기원하는 소리를 들었다고 생각했다.

나는 아버지를 찾아 달려갔다. 내일을 기약하기 힘든 지금, 아버지에게 "새해 복 많이 받기를"이라고 말해야 하는 것이 내키지 않았지만. 아버지는 벽에 기대서 있었다. 굽은 어깨가 마치 무거운 짐이라도 짊어진 듯 축 늘어져 있었다. 아버지에게 다가가 손을 잡고 입을 맞추었다. 손에 눈물 한 방울이 떨어졌다. 누구의 눈물인가? 내 눈물인가? 아버지의 눈물인가? 나는 아무 말도 하지 않았다. 아버지도 말이 없었다. 지금껏 이렇게 서로의 마음을 잘 이해한 적이 있었던가.

종소리에 다시 현실로 돌아왔다. 자러 가야 했다. 우리는 아주 먼 곳에서 되돌아왔다. 나는 아버지의 얼굴을 쳐다보았다. 상처 난 얼굴에서 웃음이나 그 비슷한 것을 찾아보려고. 그러나 아버지는 무표정했다. 표정이라곤 그 그림자도 없었다. 나는 절망했다.

（

속죄일*이었다. 단식을 해야 하나? 이 문제를 둘러싸고 뜨거운 논쟁이 벌어졌다. 단식은 더 확실한 죽음, 더 빠른 죽음을 의미했다. 우리는 여기서 늘 단식하고 있었다. 1년 내내 속죄일이었다. 단식하는 것이 위험하다는 바로 그 이유 때문에 단식을 해야 한다고 말하는 사람도 있었다. 이곳, 지옥에서도 하나님을 찬미하는 노래를 부를 수 있다는 것을 보여주어야 한다고 했다.

나는 단식하지 않았다. 무엇보다도 단식하지 말라고 충고한 아버지의 뜻을 거슬러 아프게 하고 싶지 않았다. 그렇지 않아도 내가 단식을 해야 할 이유 따윈 없었다. 나는 이제 하나님의 침묵을 받아들이지 않았다. 배급받은 수프를 삼켰을 때 나는 그 행동을 반란, 곧 하나님에 대한 저항의 상징으로 바꾸었다.

나는 빵 조각을 한입 베어 물었다.

마음속 깊은 곳에서 허전함이 솟구쳤다.

• 유대교의 가을절기 명절로 가장 크고 엄숙한 날이다. 모세가 십계명을 받아 왔으나 금송아지를 숭배한 이스라엘 백성들이 모두 죽고, 속죄하는 의미로 40일간 금식을 한 모세가 다시 한번 십계명을 받은 날에서 비롯되었다.

ᕮ

새해를 맞아 친위대가 멋진 선물을 내놓았다.

작업을 마치고 막 돌아오는 길이었다. 수용소 정문을 지나
자마자 공기가 여느 때와 다르다는 것을 느꼈다. 다른 날보다
일찍 인원 점검이 끝났다. 저녁 수프도 빨리 배급되었다. 우리
는 최대한 서둘러 수프를 삼켰다. 더럭 겁이 났다.

이제 나는 아버지와 같은 블록에 있지 않았다. 건설반으로
옮겨져 하루 열두 시간씩 무거운 돌을 날랐다. 새 블록의 책임
자는 눈빛이 날카롭고 키가 작은 독일계 유대인이었다. 그날
저녁 그는 앞으로 저녁 수프를 먹은 후에는 블록에서 나갈 수
없다고 발표했다. 그 후 선별이라는 끔찍한 말이 나돌기 시작
했다.

우리는 그 말이 무슨 뜻인지 알고 있었다. 친위대 한 명이 우
리를 눈여겨보았다. 그는 극도로 허약한 사람, 그들이 무젤만
Muselman(회교도라는 뜻의 독일어—옮긴이)이라고 부르는 수감자
가 눈에 띄면 번호를 적었다. 그것은 곧 화장장으로 보내진다
는 의미였다.

수프를 먹은 뒤 우리는 줄줄이 늘어선 침대 사이에 모였다.
고참이 말했다.

"이렇게 늦게 끌려와 그나마 다행이오. 2년 전과 비교하면 지금은 낙원이니까. 그때 부나는 진짜 지옥이었소. 물도 없고, 담요도 없고, 빵과 수프도 더 적게 나왔지. 밤엔 거의 알몸으로 잤소. 영하 30도까지 내려가는 추위 속에서. 매일 수백 구의 시체를 모았소. 작업도 힘들었고. 지금은 낙원인 셈이오. 그당시 카포들은 매일 일정 수의 수감자를 죽이라고 명령했지. 그리고 매주 선별이 있었소. 그 무자비한 선별. 정말이지 당신들은 운이 좋소."

"그만 됐어요! 조용히 해주세요!"

나는 그에게 부탁했다.

"그런 이야기는 내일 하거나 다른 날 하세요."

그들은 웃음을 터뜨렸다. 그들이 지금껏 살아남아 고참이 된 데는 다 이유가 있었다.

"겁나니? 우리도 겁났어. 처음엔 다 그래."

노인들은 사로잡힌 짐승처럼 구석에서 꼼짝도 하지 않았다. 그들 중 몇몇은 기도를 하고 있었다.

한 시간 후면 결과를 알 수 있을 것이다. 죽음이냐, 모면이냐.

아버지는? 그제야 아버지가 생각났다. 아버지는 어떻게 이 선별을 모면할 수 있을까? 나이가 그렇게 많은데.

우리 블록 책임자는 1933년 이래 강제수용소를 벗어난 적이 없었다. 그는 도살장과 죽음의 공장을 모두 거쳤다. 9시쯤 그가 우리 가운데로 와서 섰다.

"주목!"

금방 조용해졌다.

"내가 하는 말을 잘 들으시오."

처음으로 그의 목소리가 떨렸다.

"잠시 후에 선별이 시작됩니다. 옷을 다 벗고 한 명씩 친위대 의사 앞으로 가야 합니다. 여러분 모두 이 선별에서 살아남기를 바랍니다. 살아남을 기회를 높이려고 노력해야 합니다. 옆방으로 가기 전에 힘껏 팔다리를 움직여 핏기가 돌게 하세요. 천천히 걷지 말고 뛰세요. 악마가 바싹 쫓아오는 것처럼 뛰어야 합니다. 친위대를 보지 마세요. 앞만 보고 곧장 뛰세요."

그는 잠시 말을 끊었다가 이렇게 덧붙였다.

"무엇보다도 겁을 내서는 안 됩니다!"

그것이야말로 우리가 가장 듣고 싶은 충고였다.

나는 옷을 벗어 간이침대 위에 두었다. 오늘 밤에는 옷을 도둑맞을 위험이 없었다.

나와 같이 작업반이 바뀐 티비와 요시가 와서 격려해주었다.

"우리 같이 있자. 그럼 더 강해질 거야."

요시는 뭔가 중얼거리고 있었다. 기도를 하는 듯했다. 나는 요시가 종교를 믿는다고 생각한 적이 없었다. 실제로는 늘 그 반대라고 믿었다. 티비는 말이 없었고 낯빛이 매우 창백했다.

블록의 수감자들은 모두 침대 사이에 벌거벗고 서 있었다. 이것은 '최후의 심판'을 의미했다.

"온다!"

친위대 장교 세 명이 비르케나우에서 우리를 맞은 사람, 그 유명한 멩겔레 박사를 둘러쌌다. 블록 책임자는 미소를 지어 보였다. 그가 물었다.

"준비됐나?"

우리는 준비가 되어 있었다. 친위대 의사들도 준비가 되어 있었다. 멩겔레 박사는 명부를 들고 있었다. 그가 블록 책임자에게 고개를 끄덕였다. 드디어 선별 작업이 시작됐다! 마치 게임을 하는 것 같았다.

블록의 핵심 인물, 곧 고참들과 카포들, 작업반장들이 먼저 갔다. 물론 그들은 신체 조건이 완벽했다. 그다음은 일반 수감자들 차례였다. 멩겔레 박사는 수감자들을 머리부터 발끝까지 훑어보았다. 그러다가 간혹 번호를 적었다. 나는 내 번호가 적혀서는 안 되고 왼팔을 보여서는 안 된다는 생각뿐이었다.

내 앞에 서 있는 사람은 이제 티비와 요시뿐이었다. 둘 다 살아남았다. 멩겔레 박사가 번호를 적지 않는 것을 보았다. 누군가 나를 떠밀었다. 내 차례였다. 나는 뒤돌아보지 않고 뛰었다. 머리가 빙빙 돌았다. '넌 피골이 상접했어. 너무 허약해. 넌 피골이 상접했어. 용광로에 들어가기 안성맞춤이군.'

끝이 보이지 않았다. 몇 년간 줄곧 달린 것 같았다. '넌 피골이 상접했어. 너무 허약해.' 마침내 나는 도착했다. 기진맥진해서 숨을 몰아쉬었다. 숨을 돌리자마자 요시와 티비에게 물었다.

"내 번호 적혔어?"

"아니."

요시가 웃으며 말했다. 그러고는 "어쨌든 적지 못했어. 네가 너무 빨리 달려서"라고 덧붙였다.

웃음이 나왔다. 행복했다. 요시에게 키스해주고 싶었다. 그 순간만큼은 다른 사람은 안중에도 없었다. 내 번호는 적히지 않았다.

번호가 적힌 사람은 세상에서 버림받은 채 따로 서 있었다. 말없이 흐느끼는 사람도 있었다.

☾

친위대 장교들이 떠났다. 블록 책임자가 나타났다. 그의 얼굴은 곧 우리 모두의 지친 얼굴이었다.

"다 잘됐어요. 걱정할 것 없습니다. 누구에게도 어떤 일도 일어나지 않을 겁니다. 누구에게도……."

그는 애써 웃어 보였다. 쇠약한 유대인 한 명이 걱정스러운 듯 떨리는 목소리로 물었다.

"하지만 내 번호를 적었는데요!"

그러자 블록 책임자가 화를 냈다.

"내가 뭐라고 했소! 내가 거짓말을 한다고 생각하는 거요? 다시 한번 말하는데 당신들은 괜찮아요. 아무 일도 없을 겁니다. 스스로 절망에 빠지고 싶은 겁니까? 바보 같으니라고!"

종이 울렸다. 수용소 전체의 선별 작업이 끝났다는 소리였다.

나는 전력을 다해 36블록을 향해 달렸다. 도중에 아버지와 마주쳤다. 아버지가 내게 다가왔다.

"어떻게 됐니? 통과했니?"

"네. 아버지는요?"

"나도 통과했어."

우리는 비로소 숨을 돌렸다. 아버지가 선물을 주었다. 창고에서 주운 물건과 바꾼 빵 반 조각, 그리고 신발을 수선할 때 쓰는 고무 조각이었다.

종이 울렸다. 이제 뿔뿔이 흩어져 자러 가야 할 시간이었다.

종은 모든 것을 통제했다. 종은 나에게 명령했고, 나는 그 명령에 무조건 복종했다. 나는 그 종을 미워했다. 더 나은 세상을 꿈꿀 때마다 종이 없는 세상을 상상했다.

(

며칠이 지났다. 이제 선별 같은 것은 생각하지도 않았다. 우리는 여느 때처럼 작업하러 가서 무거운 돌을 화물열차에 실었다. 식사 배급량이 줄었다. 달라진 것이라곤 그것뿐이었다.

그날도 평소와 다름없이 우리는 새벽에 일어났다. 블랙커피와 빵을 배급받았다. 여느 때처럼 막 작업장으로 가려고 할 때 블록 책임자가 달려왔다.

"잠깐. 명단을 가지고 왔습니다. 지금부터 부를 테니 잘 들으시오. 호명된 사람은 오늘 아침에는 작업하러 가지 않아도 됩니다. 수용소에 남아 있어야 해요."

그는 나직한 소리로 번호 열 개를 불렀다. 말하지 않아도 무슨 뜻인지 알고 있었다. 선별됐다는 말이다. 멩겔레 박사가 잊지 않고 있었던 것이다.

블록 책임자는 자기 방으로 돌아가려 했다. 수감자 열 명이 그를 둘러싸고 옷자락에 매달렸다.

"살려주세요! 약속했잖아요. 작업장에 가고 싶어요. 일할 수 있어요. 보세요. 아직 튼튼하잖아요. 우리 일 잘해요. 할 수 있어요. 하고 싶어요. 제발……."

블록 책임자는 그들을 진정시키고 안심시키려 했다. 수용소에 남아 있어도 별일 없을 것이라고 설명하면서.

"봐요, 나는 매일 여기 있잖소."

위로한답시고 한 말이지만 속이 빤히 들여다보이는 거짓말이었다. 블록 책임자도 그 사실을 깨달은 듯 더 이상 설득하는 것을 포기하고 그들을 방에 가두었다.

종이 울렸다.

"정렬!"

이제 작업이 고된 것 따위는 안중에도 없었다. 블록, 죽음의 도가니, 지옥에서 멀어지는 것 외에는 아무것도 생각할 수 없었다.

아버지가 달려오는 것이 보였다. 덜컥 겁이 났다.

"무슨 일이에요?"

아버지는 숨이 차서 제대로 말을 잇지 못했다.

"나도 걸렸어. 나도……. 나도 수용소에 남아 있으라고 했어."

아버지 몰래 번호를 적은 것이다.

"어떻게 하죠?"

걱정스러운 표정으로 물었다.

그러나 아버지는 오히려 나를 안심시키려 했다.

"아직 확실한 건 아니야. 한 번 더 기회가 있어. 오늘 놈들은 또 선별을 할 거야. 최종 선별을."

나는 아무 말도 하지 않았다.

아버지는 시간이 없다는 것을 알고 있었다. 내게 하고 싶은 말이 많은 듯 급히 말을 쏟아냈다. 하지만 무슨 말을 하는지 두서가 없었고 목이 메어 자주 끊겼다. 아버지는 내가 곧 떠나야 한다는 것을 알고 있었다. 결국에는 아버지 혼자 남게 될 것이다.

아버지가 말했다.

"이 칼 받아라. 나한테는 이제 필요 없어. 네겐 쓸모가 있을 거다. 이 스푼도 받아라. 팔면 안 돼. 빨리! 내가 준 걸 가지고 가거라!"

내 유산은…….

"그런 말씀 마세요, 아버지."

눈물이 왈칵 쏟아지려 했다.

"스푼이랑 칼을 도로 가져가세요. 아버지에게도 필요할 거예요. 작업이 끝난 후 밤에 다시 만날 수 있을 거예요."

아버지는 절망감을 감춘 지친 눈빛으로 나를 보았다. 그러면서도 고집을 꺾지 않았다.

"부탁이다. 이걸 가져가거라. 시키는 대로 해. 시간 없다. 아버지가 시키는 대로 해라."

카포가 큰 소리로 앞으로 가라고 명령했다.

작업반은 수용소 정문을 향해 갔다. 왼발, 오른발! 나는 입술을 꼭 깨물었다. 아버지는 블록에 남아 벽에 기대어 있었다. 그러더니 갑자기 우리를 향해 달려왔다. 하고 싶은 말이 남은 모양이었다. 그러나 우리는 너무 빨리 걷고 있었다. 왼발, 오른발!

우리는 정문 앞에 섰다. 인원 점검이 있었다. 군악이 시끄럽게 울렸다. 우리는 어느새 수용소 밖에 나와 있었다.

(

그날 나는 몽유병 환자처럼 비칠비칠 걸어 다녔다. 티비와 요시가 나를 위로하려고 말을 걸었다. 카포도 그날따라 내게 쉬운 작업을 할당했다. 가슴이 먹먹했다. 모두 내게 친절히 대해주었다. 마치 고아가 된 것 같았다. 심지어 지금 이 순간에도 아버지는 나를 도와주고 있다는 생각이 들었다.

그날이 얼른 지나가기를 바랐는지 어땠는지 모르겠다. 저녁

에는 혼자 있게 될 거라고 생각하니 두려웠다. 이 자리에서 바로 죽어버린다면 얼마나 좋을까!

마침내 작업이 끝나고 수용소로 돌아가기 시작했다. 뛰라는 명령을 얼마나 고대했던가. 우리는 걸었다. 정문. 수용소. 나는 36블록으로 달려갔다.

세상에 기적이라는 것이 아직 남아 있던가? 아버지는 살아 있었다. 최종 선별을 통과한 것이다. 자신이 쓸모 있음을 증명해냈다. 나는 아버지에게 칼과 스푼을 돌려주었다.

(

아키바 드루머가 선별의 희생양이 되어 우리 곁을 떠났다. 드루머는 얼마 전부터 흐릿한 눈빛으로 돌아다니며 자신이 얼마나 쇠약해졌는지 말했다.

"이제는 걸을 수도 없어. 모든 게 끝났어."

우리는 그의 기운을 북돋우려고 노력했다. 그러나 드루머는 들으려고도 하지 않았다. 이제 다 끝났다, 이제는 싸울 수도 없다, 힘도 없고 믿음도 잃었다는 말만 계속 되풀이했다. 그의 두 눈은 텅 비고 벌어진 상처 자국 두 개, 공포의 샘 두 개로 남았다.

선별 기간 중에 믿음을 잃어버린 사람은 그만이 아니었다. 나는 폴란드의 작은 마을에서 끌려온 랍비 한 사람을 알고 있었다. 그는 늙었고 허리도 구부정했으며 연신 입술을 떨었다. 블록에서도, 작업장에서도, 정렬해 있을 때도 늘 기도했다. 그는 《탈무드》를 처음부터 끝까지 암송했고, 끊임없이 질문하고 답하면서 자기 자신과 이야기를 나누었다.

어느 날 그가 말했다.

"다 끝났어. 하나님은 이제 우리와 함께하지 않아."

그는 그런 말을 내뱉은 걸 후회라도 하는 것처럼 갈라진 목소리로 냉담하게 이렇게 덧붙였다.

"나도 알아. 그렇게 말할 권리가 있는 사람은 없어. 그런 건 나도 잘 알아. 사람은 너무 하잘것없고 부족한 존재여서 하나님의 신비한 역사役事를 이해할 수 없어. 그러니 나 같은 사람이 뭘 할 수 있겠나? 성인도 아니고 의인도 아닌 주제에. 난 이제 살과 뼈만 남은 껍데기야. 내 영혼과 육체는 지옥을 경험했어. 그래도 눈이라고 붙어 있으니 여기서 벌어지는 일은 다 봤지. 하나님의 자비는 어디 있지? 하나님은 어디 있지? 나도 그렇거니와 '자비로운 하나님'을 믿을 사람이 어디 있나?"

가엾은 아키바 드루머. 하나님을 믿기만 했어도, 그래서 이 고통을 하나님의 시험으로 받아들였다면 선별되지는 않았을 텐데. 그러나 믿음에 금이 가자마자 그는 싸울 의욕을 완전히 상실했고, 죽음의 문을 열어버렸다.

선별이 시작되자 드루머는 모든 것을 포기하고 사형 집행관에게 자신의 목을 내맡겼다. 그저 이렇게 부탁했을 뿐이다.

"사흘 뒤면 난 아마 이 세상에 없을 거야. 나를 위해 카디시를 암송해줘."

우리는 약속했다. 사흘 뒤 굴뚝에서 연기가 솟아오르면 그를 생각하겠노라고, 열 명이 모여 특별 예배를 드리겠다고, 그의 친구들이 함께 카디시를 암송할 거라고. 그러고 나서 드루머는 병원으로 가버렸다. 그는 침착하게 걸어갔고, 뒤돌아보지 않았다. 그를 비르케나우로 태우고 갈 앰뷸런스가 대기 중이었다.

끔찍한 날들이 이어졌다. 우리는 밥 먹듯 얻어맞았다. 작업은 우리를 짓뭉갰다. 그가 떠나고 사흘 뒤 우리는 카디시를 암송해주겠다던 약속을 까맣게 잊었다.

❨

겨울이 왔다. 낮은 짧아졌고, 밤은 정말 견디기 힘들었다. 동틀 무렵이면 차가운 바람이 채찍처럼 몰아쳤다. 동복으로 꽤

나 묵직한 줄무늬 셔츠가 지급되었다. 고참들은 킬킬거릴 기회를 잡았다.

"이제 진짜 수용소 맛을 보게 될 거야!"

우리는 여느 때와 다름없이 작업하러 갔다. 몸이 얼어붙었다. 돌을 잡으면 손이 달라붙을 만큼 차디찼다. 그러나 그런 것에도 곧 익숙해졌다.

크리스마스와 새해 첫날에는 작업을 쉬었다. 평소보다 걸쭉한 수프가 나왔다.

1월 중순쯤 되자 추위 때문에 오른발이 부어오르기 시작했다. 서 있을 수조차 없었다. 나는 의무실로 갔다. 우리와 마찬가지로 수감자였던 의사, 선량한 유대인 의사가 단언했다.

"수술해야 돼. 이대로 두면 발가락을 잘라내야 할 거야. 어쩌면 다리도 절단해야 할지 몰라."

그 방법밖에 없었다. 달리 어떻게 해볼 도리가 없었다. 의사는 수술하기로 결정했고, 의논 같은 것은 할 필요도 없었다. 차라리 의사 마음대로 결정해버린 것이 다행이다 싶었다.

나는 흰 시트가 깔린 침대에 누웠다. 사실 의무실 신세를 지는 것이 나쁘지만은 않았다. 빵도 더 많이 나오고 수프도 더 걸쭉했다. 종소리, 인원 점검, 작업에서 해방되었다. 때로는 아버지에게 빵을 보내줄 수도 있었다.

내 옆에는 이질에 걸린 헝가리 유대인이 누워 있었다. 뼈만 남은 몸에 눈도 풀려 있었다. 간혹 그의 목소리가 들렸다. 그것은 그가 살아 있다는 유일한 표시였다. 그 몸 어디서 말할 힘이 나왔을까?

"좋아하긴 일러. 여기서도 선별이 있어. 사실 더 자주 있지. 독일에 병든 유대인은 필요 없어. 나 같은 환자는 거치적거릴 뿐이지. 다음번 이송 때는 아마 새 이웃이 생길 거야. 그러니 내 말 잘 들어. 다음 선별이 있기 전에 의무실을 나가!"

무덤에서 나온 그 말, 얼굴 없는 몸뚱이에서 나온 것 같은 그 말을 듣고 나는 두려움에 사로잡혔다. 사실 의무실은 너무 작았다. 환자가 더 들어오면 차고 넘칠 것이다.

맨 먼저 이송될까 봐 두려워하는, 얼굴 없는 옆 환자가 나를 몰아내고 내 침대를 비워 자신이 살아남을 기회를 잡으려는 것이리라. 그냥 겁을 주려고 하는 말일 것이다. 하지만 그가 진실을 말한 거라면? 일단은 기다려보기로 했다.

(

의사가 와서 내일 수술할 거라고 말했다.
"걱정 마. 다 잘될 거야."

다음 날 아침 10시에 나는 수술실로 옮겨졌다. 담당 의사를 보고 나는 안심했다. 그가 있는 한 심각한 사태는 일어나지 않을 거라고 생각했다. 그의 말 한마디 한마디에 불안이 가셨고, 그를 볼 때마다 희망이 솟았다.

"좀 아플 거야." 의사가 말했다.

"하지만 잠깐이면 돼. 힘내."

수술은 한 시간 동안 계속됐다. 그동안 그들은 내가 잠들지 못하도록 했다. 나는 의사에게서 눈을 떼지 않았다. 그러면 죽을지도 모른다는 생각이 들었다.

정신이 들어 눈을 떠보니 처음에는 하얀 시트밖에 보이지 않았다. 그다음에 의사의 얼굴이 정면으로 들어왔다.

"다 잘됐어. 힘내. 2주일간 여기서 쉬게 될 거야. 그러면 돼. 식사도 잘 나올 거고. 넌 그저 몸과 마음을 추스르면 돼."

내가 할 수 있는 일이라곤 의사의 입술을 주시하는 것뿐이었다. 그의 말을 거의 알아들을 수가 없었다. 하지만 그의 목소리는 나를 진정시켜 주었다. 갑자기 식은땀이 흘렀다. 한쪽 다리가 느껴지지 않았다! 다리를 절단했단 말인가?

"의사 선생님."

더듬거리며 그를 불렀다.

"의사 선생님?"

"왜 그래?"

하지만 물어볼 용기가 나지 않았다.

"목말라요."

그는 물을 갖다 주라고 했다. 그러고는 웃으며 다른 환자를 돌보러 나가려고 했다.

"왜?"

"다리를 쓸 수 있을까요?"

그의 얼굴에서 웃음이 걷혔다. 더럭 겁이 났다. 마침내 그가 입을 열었다.

"이봐, 날 믿지?"

"믿고말고요."

"그럼 잘 들어. 2주 후에는 완전히 회복될 거야. 다른 사람들과 똑같이 걸을 수 있어. 네 발바닥은 온통 고름투성이였어. 발바닥을 가르지 않을 수 없었어. 다리는 자르지 않았어. 2주 후에는 다른 사람들과 똑같이 걸어 다니게 될 거야."

2주를 기다려보는 수밖에 없었다.

☾

수술한 후 이틀째 되는 날, 전선이 더 가까워졌다는 소문이 수용소에 퍼졌다. 붉은 군대가 부나를 향해 진격해 왔다. 이제 그들이 부나를 공격하는 것은 시간문제였다.

우리는 이런 소문에 익숙했다. 거짓 예언자가 우리에게 계시를 전한 것은 처음이 아니었다. 곧 전쟁이 끝난다든가 적십자사가 우리를 해방시키기 위해 협상을 벌이고 있다든가 하는 황당한 말이 수도 없이 전해졌다. 그런데도 우리는 매번 그런 말을 믿었다. 그것은 모르핀 주사 같았다.

이번에는 그런 예언이 더욱 근거 있는 말처럼 들렸다. 지난 며칠간 우리는 밤마다 멀리서 울리는 대포 소리를 들었다.

얼굴 없는 옆 환자가 목소리를 높였다.

"현혹되지 마라. 히틀러는 시계가 12시를 치기 전에 유대인을 모두 박멸하겠다고 천명했어."

나는 버럭 소리를 질렀다.

"히틀러 말을 믿어요? 히틀러가 예언자가 되기를 바라나요?"

그는 차가운 눈으로 나를 노려보았다. 그러다가 힘없이 말했다.

"나는 누구보다도 히틀러를 믿어. 그 사람만이 지금까지 유대인에게 한 약속을 지켰으니까."

(

그날 오후 4시, 종이 울리자 블록 책임자들은 여느 때처럼 일일 보고를 하기 위해 모였다.

그들은 뿔뿔이 흩어져 돌아왔다. 그리고 힘겹게 입을 열었다. 그들이 할 수 있는 말은 단 한마디뿐이었다. 소개. 수용소를 비우고 우리를 후방으로 데려간다고 했다. 어디로? 독일 깊숙한 곳으로. 다른 수용소로. 수용소가 부족하지는 않았다.

"언제?"

"내일 밤. 러시아군이 도착하기 전에……."

"그렇겠지."

우리는 러시아군이 제때 오지 않으리라는 것을 알고 있었다.

수용소는 벌집을 쑤셔놓은 듯했다. 사람들이 서로 이름을 부르며 뛰어다녔다. 블록마다 수감자들이 이동할 채비를 했다. 나는 아픈 다리도 잊어버렸다. 의사가 찾아와 말했다.

"내일 어둠이 내리면 바로 행군을 시작한다. 블록별로. 환자는 의무실에 남아 있어도 좋다. 환자는 데려가지 않는다."

믿기지 않았다. 해방군의 도착을 코앞에 두고 친위대가 수백 명의 수감자를 의무실에 남겨두고 떠난단 말인가? 유대인들이 시계가 12시를 치는 소리를 듣도록 내버려둔단 말인가?

물론 그럴 리가 없었다.

"환자는 모두 그 자리에서 죽게 될걸." 얼굴 없는 환자가 말했다. "아니면 한꺼번에 용광로에 내던지겠지."

"분명히 수용소를 폭파할 거야. 소개 직후 수용소는 완전히 폭파되고 말 거야."

다른 사람이 말했다.

죽음 따위는 생각하지도 않았다. 그저 아버지와 떨어져서는 안 된다는 생각뿐이었다. 아버지와 나는 같이 수많은 고난을 견뎌왔다. 이제 와서 떨어질 수는 없었다.

나는 아버지를 찾아 밖으로 뛰어나갔다. 눈이 수북이 쌓여 있었고, 유리창에는 성에가 잔뜩 끼어 있었다. 수술한 발이 신발에 들어가지 않아 신을 든 채로 달렸다. 고통도, 추위도 느껴지지 않았다.

"어떻게 하실 생각이에요?"

아버지는 말없이 생각에 잠겼다. 선택권은 우리에게 있었다. 단 한 번의 선택. 우리는 스스로 운명을 결정할 수 있었다. 의무실에 남아 있으면 담당 의사 덕분에 아버지는 환자로든 의무병으로든 마음대로 들락거릴 수 있을 것이다.

나는 아버지가 가는 대로 따라가기로 마음먹었다.

"아버지, 어떻게 하실 거예요?"

아버지는 여전히 말이 없었다.

"다른 사람들과 같이 떠나는 쪽을 택해요."

아버지는 아무 말 없이 내 발을 보았다.

"걸을 수 있겠니?"

"네, 걸을 수 있어요."

"엘리저, 떠나는 걸 후회하지 않기를 기도하자꾸나."

❨

종전 후 나는 그때 의무실에 남은 사람들이 어떻게 되었는지 알아보았다. 그들은 우리가 떠난 후 이틀 만에 러시아군에 의해 해방되었다.

❨

나는 의무실로 돌아가지 않고 곧장 우리 블록으로 갔다. 상처 부위가 터져 피가 흘렀다. 발밑의 눈이 빨갛게 물들었다.

블록 책임자는 소개 중에 먹을 식량으로 빵과 마가린을 배급했다. 평소의 두 배 정도 되는 분량이었다. 옷도 원하는 대로 창고에서 가져갈 수 있었다.

그날은 무척 추웠다. 우리는 잠자리에 들었다. 부나에서 보내는 마지막 밤이었다. 또 마지막 밤을 맞았다. 집에서 보낸 마지막 밤, 게토에서 보낸 마지막 밤, 가축 수송용 열차에서 보낸 마지막 밤, 그리고 이제 부나에서 보내는 마지막 밤. 얼마나 더 오래 '마지막 밤'에서 또 다른 '마지막 밤'으로 전전해야 하는 걸까.

잠이 오지 않았다. 성에 낀 창문에 붉은 섬광이 번쩍이는 것이 보였다. 대포 소리가 밤의 적막을 깼다. 러시아군이 정말 가까이 있는 모양이었다. 그들과 우리 사이에는 하룻밤, 우리의 마지막 밤이 가로놓여 있었다. 조금만 운이 따른다면 소개하기 전에 러시아군이 나타날지도 모른다는 소리가 침대에서 침대로 떠돌았다. 희망은 아직도 살아 있었다.

누군가가 큰 소리로 말했다.

"잠이나 자둬! 행군할 힘을 비축해야지."

게토에서 어머니가 마지막으로 한 말이 생각났다. 그러나 잠이 오지 않았다. 발이 불덩이처럼 뜨거웠다.

☾

아침에 눈을 뜨니 수용소가 달라 보였다. 수감자들이 갖가지 옷을 두른 채 나타났다. 마치 가면무도회를 보는 듯했다. 우리는 추위를 막으려고 옷을 잔뜩 껴입었다. 불쌍한 피에로들, 살아 있으되 죽은 사람들. 겹겹이 껴입은 옷 밖으로 유령 같은 얼굴만 드러낸 불쌍한 사람들! 불쌍한 피에로들!

커다란 신발을 찾아보았지만 결국 허탕을 치고 말았다. 담요를 찢어서 오른발을 감쌌다. 그러고는 밖으로 나가 빵이나 감자를 조금이라도 더 구해보려고 수용소를 이리저리 돌아다녔다. 체코슬로바키아로 가게 될 것이라고 말하는 사람도 있었다. 아니, 그로스로젠으로. 아니, 글라이비츠로. 아니, 또 다른 어딘가로.

(

오후 2시였다. 폭설이 계속 내렸다.

이제 시간이 빨리 흘러갔다. 어스름이 깔렸다. 햇살이 잿빛 안개 속으로 사라졌다.

갑자기 블록 책임자가 우리에게 블록을 청소하지 않았다는 사실을 상기시켰다. 그러고는 수감자 네 명에게 바닥을 걸레질하라고 명령했다. 출발을 한 시간 앞두고! 왜? 누구를 위해?

"해방군을 위해서지. 돼지가 아니라 사람이 산 곳이라는 것을 보여주어야지."

블록 책임자가 말했다.

그렇다면 우리가 사람이었단 말인가? 블록은 꼭대기에서 바닥까지 깨끗해졌다.

☾

6시에 종이 울렸다. 죽음의 종소리였다. 장례식. 우리는 행군 준비를 했다.

"정렬! 서둘러!"

우리는 금방 정렬했다. 블록별로. 어둠이 깔렸다. 모든 것이 계획대로 착착 진행되었다. 서치라이트가 켜졌다. 친위대 수백 명이 경찰견을 끌고 어둠 속에서 나타났다. 눈은 줄기차게 내렸다.

수용소 문이 열렸다. 그 너머에는 더 어두운 밤이 우리를 기다리는 것 같았다.

첫 번째 블록 수감자들이 행군을 시작했다. 우리는 기다렸다. 56개 블록 수감자들이 모두 출발할 때까지 기다려야 했다. 날은 무척 추웠다. 주머니에는 빵 두 조각이 들어 있었다. 얼마나 그 빵을 먹고 싶었던가! 그러나 먹으면 안 된다는 것을

161

알고 있었다. 아직 먹어서는 안 된다.

드디어 우리 차례가 왔다. 53블록, 54블록, 55블록······.

"57블록, 앞으로! 출발!"

눈은 정말 끝도 없이 쏟아졌다.

선별 작업

살을 에는 듯한 바람이 세차게 불어왔다. 그런데도 우리는 움츠러들지 않고 계속 행군했다.

친위대는 그런 우리를 끊임없이 재촉했다.

"더 빨리! 이 부랑자들, 벼룩이 득실거리는 개들아!"

우리라고 더 빨리 걷고 싶지 않겠는가. 빨리 걸으면 조금이라도 더 따뜻해진다. 피가 혈관 속을 빠르게 돌았다. 그 덕에 살아 있다는 것을 느낄 수 있었다.

"더 빨리, 이 개새끼들아!"

우리는 행군하는 것이 아니라 달리고 있었다. 자동인형처럼. 친위대들도 무기를 든 채 같이 달렸다. 마치 친위대에 쫓기는 것처럼 보였다.

주위는 칠흑같이 어두웠다. 간혹 어둠 속에서 총성이 울렸다. 친위대는 처지는 사람에게 무조건 발포하라는 명령을 받은 터였다. 그들의 손가락은 방아쇠에 걸려 있었고, 그들은 그 즐거움을 기꺼이 만끽했다. 누군가 잠시라도 멈춰 서면 재빨리 발포하여 해치웠다.

나는 기계처럼 한 발을 다른 발 앞에 내딛었다. 무게가 나간다고 할 수도 없는 쇠약한 몸을 끌고 있었다. 몸뚱어리를 떨쳐버릴 수만 있다면! 나는 몸을 마음에서 떼어내려고 했다. 몸과 마음이 따로 있다고 생각했다. 나는 몸뚱어리를 증오했다. 나 자신에게 끊임없이 이렇게 말했다.

"생각하지 마라. 멈추지 마라. 뛰어라!"

가까이 있던 몇몇 사람이 지저분한 눈 위에 주저앉았다. 탕탕. 총성이 울렸다.

어린 폴란드 소년이 내 옆에서 달리고 있었다. 부나의 전기 부품 창고에서 일하던 잘만이라는 아이였다. 사람들은 걸핏하면 기도하거나 《탈무드》에 대해 깊이 생각하는 소년을 놀려댔다. 소년은 끔찍한 현실에서 벗어나기 위해, 구타를 모면하기 위해 그렇게 했다.

갑자기 잘만이 심한 복통을 호소했다. 더 이상 달릴 수 없었다. 걸음을 뗄 수조차 없었다. 나는 잘만에게 간청했다.

"잘만, 조금만 참아. 곧 다들 멈출 거야. 이렇게 세상 끝까지 계속 달리지는 않겠지."

그러나 잘만은 달리면서 단추를 풀어 헤치기 시작했다. 그러고는 나에게 소리 질렀다.

"못 가겠어. 배가 터질 것 같아."

"힘내, 잘만. 힘내."

"못 가겠어."

잘만이 신음하듯 말했다. 그러고는 바지를 내리고 그대로 땅에 쓰러졌다.

그것이 내가 본 잘만의 마지막 모습이다.

잘만이 친위대가 쏜 총에 맞아 죽었다고는 생각하지 않는다. 아무도 알아채지 못했기 때문이다. 보나 마나 뒤따라오는 수천 명의 발에 밟혀 죽었을 것이다.

나는 곧 잘만을 잊어버렸다. 다시 나 자신을 생각했다. 발이 몹시 쑤셨다. 걸음을 옮길 때마다 몸이 후들거렸다. 몇 미터만 더 가면 다 끝나리라. 쓰러지고 말리라. 작은 붉은 불꽃. 발포. 죽음이 나를 에워싸고 질식시켰다. 죽음이 끈덕지게 달라붙었다. 죽음을 잡을 수 있다는 생각이 들었다. 죽는다, 끝난다는 생각이 나를 유혹하기 시작했다. 더 이상 존재하지 않는 것. 더 이상 발의 통증을 느끼지 않는 것. 피로고, 추위고 더 이상 아무것도 느끼지 않는 것. 열에서 이탈해 길옆에 나뒹그러지는 것.

그러지 못하도록 말린 사람은 아버지였다. 기진맥진해 숨을 헐떡이면서도 아버지는 내 옆에서 필사적으로 달리고 있었다. 내겐 죽을 권리가 없었다. 내가 죽으면 아버지는 어떻게 될까? 나는 아버지의 유일한 버팀목이었다.

무감각해진 발도 잊고, 다른 수천 명 속에 끼어 질주하고 있다는 사실조차 깨닫지 못한 채 계속 달리고 있을 때 그런 생각이 마음속을 스쳤다.

다시 자신을 의식하게 되었을 때 나는 속도를 좀 늦추려고 했다. 그러나 그럴 수 없었다. 속도를 늦추면 뒤따라오는 인간 파도가 덮쳐 개미 같은 나를 짓뭉갤 것이다.

이제 나는 몽유병 환자처럼 움직이고 있었다. 가끔 눈을 감았다. 마치 졸면서 달리는 것 같았다. 이따금 뒤에서 세게 걷어차는 바람에 눈을 떴다. 뒤에서 달리던 사람이 소리를 질렀다.

"더 빨리 뛰어. 앞지르기 전에!"

그러나 내가 할 수 있는 일이라곤 온 세상이 내 옆을 스치는 것을 보고 다른 세상을 꿈꾸기 위해 눈을 감는 것뿐이었다.

길은 끝이 없었다. 무리에 떠밀려가도록 내버려두는 것, 맹목적인 운명에 휩쓸리는 것. 친위대는 지치면 교대했다. 그러나 우리는 그럴 수 없었다. 뼛속까지 한기가 스몄다. 목이 타들어갔다. 허기가 졌다. 숨도 찼다. 그런데도 우리는 계속 달렸다.

우리는 자연의 지배자였고, 세상의 지배자였다. 죽음, 피로, 생리적 욕구 같은 것을 다 뛰어넘었다. 우리는 추위와 굶주림보다 강했고, 총과 죽음에 대한 욕구보다 강했다. 우리의 운명은 정해졌다. 우리는 뿌리 없는, 지구상에 번호로 존재하는 유일한 사람이었다.

마침내 샛별이 어슴푸레한 하늘에 나타났다. 성급한 빛이 지평선 위에서 서성거렸다. 이미 기진맥진한 지 오래였다. 모든 힘과 모든 환상을 잃어버렸다.

지휘자는 벌써 20킬로미터도 넘게 달렸다고 했다. 몸의 한계는 오래전에 초월했다. 다리가 기계적으로 움직였다.

이윽고 어느 폐촌에 이르렀다. 사람이라곤 없었다. 개 짖는 소리도 들리지 않았다. 창문이 활짝 열려 있는 집들뿐이었다. 버려진 건물에 숨으려고 몇몇 사람이 열에서 빠져나갔다.

한 시간 더 행군하자 마침내 멈추라는 명령이 떨어졌다.

마치 한 사람인 양 우리는 일제히 쌓인 눈 위에 내려앉았다.

아버지가 나를 흔들었다.

"여긴 안 된다. 일어나라. 좀 더 내려가자. 저기, 창고가 보이는구나. 날 따라와라."

나는 일어나고 싶지도 않았고, 일어날 의지도 없었다. 그렇지만 아버지 말에 따랐다. 그곳은 창고가 아니라 지붕이 무너진 벽돌 공장이었다. 창문은 다 깨졌고, 벽은 그을음투성이였다. 안으로 들어가기가 쉽지 않았다. 수백 명에 이르는 수감자가 문 앞에서 엎치락뒤치락하고 있었다.

우리는 마침내 안으로 들어가는 데 성공했다. 안에도 눈이 수북이 쌓여 있었다. 나는 땅바닥에 쓰러졌다. 그제야 내 몸의 한계를 느꼈다. 눈은 부드럽고 따뜻한 카펫 같았다. 그 자리에 쓰러진 채로 잠이 들었다. 얼마나 잤는지 모른다. 몇 분 아니면 한 시간? 차가운 손이 내 뺨을 툭툭 치는 것을 느끼고 잠에서 깨어났다. 눈을 뜨려고 애썼다. 아버지였다.

하룻밤 사이에 얼마나 늙어버렸는지! 아버지는 몸이 오그라든 듯 자세가 구부정했다. 눈빛은 흐릿했고, 입술은 바짝 타서 썩어 들어가고 있었다. 성한 데라곤 한 군데도 없었다. 아버지의 목소리는 눈*과 눈물에 젖어 있었다.

"잠에 지면 안 돼, 엘리저. 눈 위에서 자는 건 위험하다. 영원히 잠들게 돼. 자, 일어나라."

일어나라고? 어떻게 일어난단 말인가? 어떻게 이 따뜻한 담요를 걷어차란 말인가? 나는 아버지의 말을 듣고 있었다. 그러나 무슨 말인지 알아듣지는 못했다. 마치 창고를 통째로 어깨 위에 짊어지라고 요구하는 것 같았다.

"자, 자……."

나는 이를 악물고 일어났다. 아버지는 한 팔로 나를 붙든 채 밖으로 끌고 나갔다. 쉬운 일이 아니었다. 들어오는 것만큼 나가는 것도 힘들었다. 다른 사람들에게 짓밟혀 죽어가는 사람들이 발에 밟혔다. 아무도 거들떠보지 않았다.

아버지와 나는 밖으로 나왔다. 살을 에는 바람이 얼굴을 때렸다. 입술이 얼어붙지 않도록 입술을 꼭 깨물었다. 마치 죽음의 춤판이 벌어진 것 같았다. 머리가 어질어질했다. 나는 묘지를 가로질러 걸어갔다. 뻣뻣해진 시체 사이에 통나무 장작들이 있었다. 신음 소리도, 구슬픈 울음소리도 없었다. 고통과 침묵만이 있었다. 다른 사람에게 도와달라고 청하는 사람은 없었다. 그렇게 한 명씩 죽어갔다. 부산을 떨어봐야 소용없었다.

문득 뻣뻣해진 시체에서 내 모습을 보았다. 그래서 시체를 보지 않으려고 애썼다. 나도 시체가 될 것이다. 결국 시간문제였다.

"아버지, 창고로 돌아가요."

아버지는 대답하지 않았다. 죽은 사람들도 거들떠보지 않왔다.

"아버지, 창고가 더 낫겠어요. 거긴 누울 수도 있잖아요. 교대로 감시해요. 나는 아버지를, 아버지는 나를. 서로 잠들지 못하게 지켜주면 괜찮을 거예요."

아버지는 내 말을 받아들였다. 우리는 수많은 몸뚱이와 시체를 밟으며 가까스로 안으로 들어가 땅바닥에 쓰러졌다.

"걱정 말고 눈 좀 붙여라. 내가 지켜줄 테니."

"아버지 먼저 주무세요."

아버지는 고개를 저었다. 나는 벌렁 드러누워 잠시나마 눈을 붙이려고 했다. 그러나 잠이 오지 않았다. 잠시 눈을 붙이면 어떻게 되는지 하나님은 알고 있다. 잠들면 죽는다는 것을 나도 마음속 깊이 알고 있었다. 내 속에 있는 무언가가 죽음에 저항했다. 내 주위에 널려 있는 죽음은 고요하고 평온했다. 죽음은 잠든 사람을 붙들고 몰래 그 사람 안으로 들어가 조금씩 삼켜버릴 것이다. 내 옆에 있던 사람이 누군가를, 어쩌면 동생일 수도 있고 친구일 수도 있는 누군가를 깨우려 애쓰고 있었다. 그렇지만 헛일이었다. 깨우는 데 실패한 그 사람도 시체 옆에 누워 잠들어버렸다. 누가 그를 깨워줄 것인가? 나는 팔을 뻗어 그 사람을 흔들었다.

"눈 떠요. 여기서 잠들면 안 돼요."

그는 반쯤 눈을 떴다.

"그냥 둬."

그리고 들릴 듯 말 듯 희미한 목소리로 말했다.

"힘이 하나도 없어. 신경 쓰지 말고 그냥 내버려둬."

아버지는 조용히 졸고 있었다. 모자를 푹 눌러써서 눈이 보이지 않았다.

"눈 떠요."

아버지의 귓가에 속삭였다.

아버지는 화들짝 놀라 눈을 떴다. 마치 버려진 고아처럼 어리둥절한 표정을 짓고 있었다. 자신이 어디에 있고 왜, 어쩌다 여기에 있게 되었는지 알아내려는 듯 사방을 둘러보더니 이내 모든 것을 받아들였다. 그러고 나서 아버지는 웃었다.

나는 그 웃음을 결코 잊지 못할 것이다. 그 웃음이 어떤 세상에서 나왔는지.

폭설이 하염없이 시체 위에 내렸다.

창고 문이 열리더니 한 노인이 나타났다. 콧수염에 얼음 알갱이가 들러붙어 있고, 입술이 시퍼렜다. 폴란드에서 작은 유대인 집단을 이끌던 랍비 엘리아후였다. 누구에게나 친절하고 선량한 사람이어서 수용소의 모든 사람에게, 카포나 블록 책임자에게도 사랑을 받았다. 온갖 시련과 궁핍을 겪었는데도 그의 얼굴은 순진함을 잃지 않았다. 그는 부나의 모든 사람이 '랍비'라고 부른 유일한 랍비였다. 그는 옛 예언자 중 한 사람처럼 보였고, 늘 위로를 구하는 사람들 가운데 있었다. 그리고 기이하게도 그의 말은 누구도 자극하지 않았다. 오히려 평화를 가져다주었다.

그는 누군가를 찾는 듯했다. 여느 때보다 빛나는 눈을 희번득거리며.

"누구 내 아들을 본 사람 없소?"

행군 중에 아들을 잃어버렸다고 했다. 그는 죽어가는 사람들을 헤치며 아들을 찾았으나 결국 찾지 못했다. 그러자 눈을 파헤치며 아들의 시체를 찾았다. 부질없는 짓이었다.

그들 부자는 3년간 함께 지냈다. 고통과 구타를 함께 견뎌냈고, 빵 배급을 기다렸고, 기도했다. 수용소를 전전하면서 선별에서 살아남아 3년간 붙어 지냈다. 그런데 끝이 보이려는 지금, 운명이 그들 부자를 갈라놓았다.

내 곁에 온 랍비 엘리아후가 나직이 말했다.

"행군 중에 서로 떨어졌어. 내가 좀 처져서 열의 후미에 끼었어. 달릴 힘이 있어야지. 그런데 아들이 눈치채지 못했어. 내가 아는 건 그것뿐이야. 도대체 어디로 사라졌을까? 어디서 찾을 수 있을까? 혹시 내 아들 보지 못했니?"

"네, 엘리아후 랍비님. 못 봤습니다."

그러자 엘리아후는 들어올 때처럼 힘없이 나가버렸다. 그림자가 바람에 휩쓸렸다.

내 옆에서 그의 아들이 달리는 것을 본 것이 생각났을 때 랍비는 이미 문을 나선 후였다. 잠시 잊고 있었다. 그래서 랍비 엘리아후에게 그 이야기를 해주지 못했다.

그때 또 다른 기억이 났다. 그의 아들은 랍비가 뒤처져서 후미에 끼는 것을 보았다. 그의 아들은 분명 랍비를 보았다. 그런데도 간격이 벌어지거나 말거나 계속 선두에서 달렸다.

그의 아들이 아버지가 없어져버리길 바란 거라면, 하는 끔찍한 생각이 머리를 스쳤다. 그의 아들은 랍비가 갈수록 쇠약해지는 것을 알고 있었다. 드디어 지옥의 끝이 보이는 지금, 아들은 아버지와 헤어지면 자신의 생존 가능성을 줄일지도 모르는 짐을 덜 수 있다고 생각했으리라.

그런 것을 모두 잊은 건 잘한 일이었다. 나는 랍비 엘리아후가 사랑하는 아들을 계속 찾고 있어서 기뻤다.

나도 모르게 마음속으로 기도를 하고 있었다. 이제는 믿지도 않는 하나님에게.

'우주의 주재자이신 하나님, 랍비 엘리아후의 아들처럼 되지 않도록 제게 힘을 주소서.'

밖에서 고함 소리가 들려왔다. 밤이 되자 친위대들이 정렬하라고 명령했다.

또다시 행군이 시작되었다. 죽은 사람들은 쓰러진 보초처럼, 표지조차 없이 눈 밑에 누워 있었다. 그들을 위해 카디시를 암송해주는 사람도 없었다. 아들들은 눈물 한 방울 흘리지 않고 아버지의 유해를 버렸다.

길에는 눈이 하염없이 쌓이고 있었다. 우리는 느릿느릿 앞으로 나아갔다. 친위대들조차 지친 것 같았다. 다친 발도 이제는 아프지 않았다. 얼어버린 모양이었다. 나는 오른발을 잃어버렸다고 생각했다. 오른발은 마치 차에서 떨어져 나간 바퀴처럼 따로 놀았다. 걱정한다고 될 일이 아니었다. 외발로 살아가야 할지도 모르는 상황을 받아들여야 했다. 중요한 건 그런 생각을 하지 않는 것이었다. 특히 지금은 해서는 안 되었다. 훗날 생각은 떨쳐버려라.

규율 따윈 없었다. 모두 제멋대로 걸었다. 발포도 없었다. 친위대들도 지쳐 있었다. 그러나 친위대가 나서지 않아도 죽음은 찾아왔다. 추위는 충실하게 자신의 임무를 수행했다. 한 걸음 옮길 때마다 누군가가 쓰러져 고통에서 해방되었다.

이따금 오토바이를 탄 친위대 장교들이 종대를 유지하라고 외치면서 갈수록 둔해지는 감각을 일깨웠다.

174

"조금만 더! 다 와간다!"

"힘내! 몇 시간만 더 가면 된다!"

"글라이비츠가 코앞이다!"

우리의 목숨을 위협하는 사람 입에서 나온 것일지라도 그 말은 용기를 북돋워주었다. 목적지를 코앞에 두고 이제 와서 포기하려는 사람은 없었다. 우리 눈은 글라이비츠의 철조망을 찾아 지평선을 더듬었다. 그곳에 빨리 도착하는 것이 유일한 바람이었다.

이제 완전히 어두워졌다. 눈도 그쳤다. 우리는 몇 시간을 더 걸어 마침내 목적지에 도착했다. 정문 바로 앞에 서서야 수용소를 볼 수 있었다.

카포들은 재빨리 우리를 막사로 데려갔다. 그곳이 삶에 이르는 마지막 피난처라도 되는 양 사람들은 밀고 당기고 난리였다. 서로 뻣뻣해진 몸을 밟고 상처 입은 얼굴을 짓이겼다. 우는 사람은 없었다. 몇몇 사람이 신음을 내뱉을 뿐이었다. 아버지와 나는 사람의 파도에 떠밀려 땅바닥에 쓰러졌다. 내 안에서 절망적인 외침이 들려왔다.

"그만 밟아! 그만!"

그 목소리가 어딘가 낯익었다.

"그만 밟아. 그만!"

그 가냘픈 목소리, 그런 외침을 어디선가 분명 들은 적이 있다. 그 목소리가 과거의 어느 순간을 일깨웠다. 언제였더라? 몇 년 전이던가? 아니다. 틀림없이 수용소에서였다.

"그만!"

내가 어떤 사람을 밟아 숨통을 죄고 있었다. 일어나서 그 사람이 숨을 쉴 수 있도록 해주고 싶었다. 그러나 내 위로 또 다른 사람들이 덮쳤다. 나도 가까스로 숨을 쉬고 있었다. 나는 닥치는 대로 얼굴을 할퀴었다. 공기를 찾아 사람을 마구 깨물며 길을 냈다. 아무도 소리 지르지 않았다.

갑자기 율리에크가 생각났다. 부나 오케스트라에서 바이올린을 연주한, 바르샤바에서 끌려온 소년.

"율리에크, 맞아?"

"엘리저……. 스물다섯 번의 채찍질……. 그래, 생각나."

그러고는 한참 말이 없었다.

"율리에크, 내 말 들려? 율리에크?"

"응."

그가 힘없이 대꾸했다.

"왜 그래?"

그는 살아 있었다.

"괜찮아, 율리에크?"

대답보다는 그의 목소리를 듣고 싶어서 물었다. 그가 살아 있다는 것을 확인하고 싶었다.

"괜찮아, 엘리저……. 괜찮아. 공기가 부족해……. 지쳤어. 발이 부었어. 쉬니까 좋긴 한데, 내 바이올린은……."

율리에크는 제정신이 아닌 듯했다. 바이올린이라니? 지금 이 상황에서?

"바이올린은 왜?"

율리에크는 숨을 헐떡였다.

"이런, 내 바이올린은…… 부수려고 해. 난…… 여기까지 갖고 왔는데……."

나는 대답할 수 없었다. 누군가가 얼굴을 덮쳐 숨통을 졸랐다. 코나 입으로는 숨을 쉴 수 없었다. 이마와 등에 땀이 흘러내렸다. 길의 끝은 결국 이것이었다. 조용한 죽음, 질식. 살려달라고 소리치거나 비명을 지를 수도 없었다.

나는 보이지 않는 자객을 없애려고 필사적으로 맞섰다. 살고 싶은 욕망이 온통 손톱으로 몰렸다. 나는 닥치는 대로 할퀴었다. 숨 한 번 들이마시려고 싸웠다. 반응을 보이지 않는 썩어가는 살을 찢어발겼다. 하지만 가슴을 짓누르는 무리에서 빠져나올 수 없었다. 누가 알았으랴. 죽은 사람과 싸우고 있었다는 것을.

결코 알지 못했다. 아는 것이라고는 내게 승산이 있다는 것뿐이었다. 나는 죽은 사람과 죽어가는 사람들의 벽에 구멍, 공기를 들이마실 수 있는 작은 구멍을 내는 데 성공했다.

(

"아버지, 어디 계세요?"

말을 할 수 있게 되자마자 아버지를 찾았다.

아버지가 내게서 멀리 떨어지진 않았을 거라고 생각했다.

"여기 있다!"

멀리서 목소리가 들려왔다. 마치 다른 세계에서 들려오는 소리 같았다.

"눈 좀 붙이려고."

아버지는 잠을 자려고 했다. 이런 데서도 잠이 오나? 언제 죽음이 발목을 잡아챌지 모르는데 자기 보호를 소홀히 하면 위험하지 않은가?

그런 생각을 하고 있는데 바이올린 소리가 들려왔다. 산 사람 위에 죽은 사람이 수북이 쌓여 있는 어두운 막사 안에서 바이올린이라니! 자신의 무덤 가장자리에서 바이올린을 연주하는 미친놈이 대체 누구일까? 아니면 내가 환각에 사로잡힌 걸까?

아니, 율리에크가 틀림없었다.

율리에크가 베토벤 협주곡을 연주하고 있었다. 그렇게 아름다운 선율은 처음 들어보았다. 그 고요함 속에서.

그는 어떻게 빠져나왔을까? 나도 모르는 사이에 어떻게 내 몸 밑에서 빠져나온 걸까?

어둠이 우리를 에워쌌다. 바이올린 소리밖에 들리지 않았다. 율리에크의 영혼이 바이올린 활이 된 것 같았다. 율리에크는 자신의 목숨을 연주하고 있었다. 그의 존재가 바이올린 현 위에서 미끄러지듯 움직였다. 이루지 못한 그의 희망이. 숯처럼 새까맣게 타버린 그의 과거가. 사라져버린 그의 미래가. 율리에크는 다시는 연주하지 못할 음악을 연주하고 있었다.

나는 율리에크를 결코 잊지 못할 것이다. 죽은 사람과 죽어가는 사람들 앞에서 들려준 그의 마지막 연주를 어떻게 잊을 수 있겠는가? 지금도 베토벤 곡을 들을 때면 나는 눈을 감는다. 그러면 죽어가는 사람들에게 작별을 고하던 폴란드인 친구의 창백하고 우울한 얼굴이 어둠 속에서 떠오른다.

율리에크가 얼마나 오랜 시간 연주했는지는 모른다. 잠이 나를 덮쳤다. 새벽에 눈을 떠보니 율리에크는 죽어 있었다. 몸을 구부린 채 나를 바라보며. 그의 옆에는 짓밟힌 바이올린이

놓여 있었다. 그것은 가슴에 사무치는 작은 시체였다.

(

우리는 글라이비츠에 사흘간 머물렀다. 먹을 것도, 물도 없는 나날이었다. 막사에서 나오는 것이 금지되었다. 친위대가 문을 지키고 있었다.

배가 무척 고팠고 목도 말랐다. 다른 사람의 몰골로 미루어 보건대 내 꼴도 짐승처럼 더럽고 텁수룩했을 것이다. 부나에서 가져온 빵은 먹어치운 지 이미 오래였다. 언제 배급이 재개될지 아무도 몰랐다.

'전선'이 우리를 바짝 뒤쫓고 있었다. 대포 소리가 아주 가까이서 들려왔다. 그러나 이제는 독일군이 시간에 쫓긴다는 생각도, 러시아군이 우리가 소개되기 전에 도착할 거라는 희망도 품을 여력이 없었다.

우리는 중부 독일로 이송될 거라고 했다.

사흘째 되던 날 새벽, 우리는 막사에서 쫓겨났다. 담요를 어깨에 걸쳤다. 마치 탈리스(유대교인 남자가 아침 기도를 할 때 걸치는 숄—옮긴이)를 걸치듯. 수용소를 둘로 나누는 문으로 향했다. 한 무리의 친위대 장교들이 서서 기다리고 있었다. '선별!'이라는 말이 정렬해 있는 우리 사이로 날아들었다.

친위대 장교들이 선별 작업을 했다. 허약한 자는 왼쪽으로, 걸을 수 있는 자는 오른쪽으로.

아버지는 왼쪽으로 보내졌다. 나는 아버지를 쫓아갔다. 친위대 장교 한 명이 뒤에서 소리를 질렀다.

"돌아와!"

나는 무리를 헤치며 조금씩 나아갔다. 친위대 장교 몇 명이 나를 잡으러 뛰어왔다. 한바탕 소란이 일어나는 바람에 많은 사람들이 오른쪽으로 넘어갔다. 아버지와 나도 덩달아 넘어갔다. 발포가 있었고, 몇 사람이 죽었다.

우리는 수용소 밖으로 끌려 나갔다. 30분간 행군하여 철로가 가로지르는 들판 한가운데 이르렀다. 그곳에서 열차가 도착하기를 기다렸다.

눈이 끝도 없이 내렸다. 우리는 앉을 수도, 움직일 수도 없었다.

뒤집어쓴 담요 위로 눈이 수북이 쌓였다. 빵 한 조각이 배급되었다. 우리는 빵에 달려들었다. 눈으로 갈증을 달래는 사람도 있었다. 모두 그를 따라 했다. 허리를 숙이는 것이 금지되었기에 우리는 스푼을 꺼내 앞사람의 등에 쌓인 눈을 떠먹었다. 빵 한 입에 눈 한 스푼. 감시하던 친위대들이 그 꼴을 보고 무척 흥거워했다.

몇 시간이 지났다. 해방 열차가 나타나기를 기다리며 지평선을 노려보느라 눈이 빠질 지경이었다. 열차는 그날 저녁 늦게야 도착했다. 굉장히 긴 가축 수송용 무개열차였다. 친위대들이 우리를 밀어 넣었다. 한 칸에 100명씩. 우리는 뼈만 남은 것이다! 다 올라타자 열차가 출발했다.

살아남은 자들

추위를 이기려고 서로 바짝 밀착했기 때문에 머리가 무거웠다. 뇌에서 회오리바람이 이는 듯 아무것도 기억나지 않았다. 정신은 무관심으로 마비되었다. 여기든 다른 데든 그건 중요하지 않았다. 오늘 죽느냐? 내일 죽느냐? 아니면 며칠 뒤에 죽느냐? 밤은 무척 길었다. 결코 끝나지 않을 것 같았다.

마침내 지평선이 부옇게 밝아오자 뒤엉킨 사람들의 모습이 드러났다. 모두 얼굴을 깊숙이 파묻은 채 웅크리고 있었다. 다른 사람 위에 올라탄 사람도 있었다. 눈 덮인 공동묘지 같았다. 이른 새벽빛 속에서 나는 산 사람과 죽은 사람을 구별하려고 했다. 그러나 쉽지 않았다. 내 시선은 눈을 크게 뜨고 허공을 쳐다보는 어떤 사람에게 고정되었다. 핏기 없는 얼굴에 서리와 눈이 덮여 있었다.

아버지는 바로 옆에서 담요를 두른 채 잔뜩 웅크리고 있었다. 어깨에도 눈이 덮여 있었다. 아버지도 죽은 거라면? 아버지를 불러보았다. 아무런 대답이 없었다. 할 수 있다면 비명이라도 지르고 싶었다. 아버지는 움직이지 않았다.

이제 살 이유도, 싸워야 할 이유도 없어졌다는 생각이 불현듯 스쳤다. 열차가 황량한 들판에 멈췄다. 갑자기 열차가 서는 바람에 몇몇 자고 있던 사람이 눈을 떴다. 그들은 선 채로 주위를 둘러보고는 깜짝 놀랐다.

밖에서 친위대가 소리치며 지나갔다.

"죽은 사람을 내던져라! 시체는 전부 밖으로!"

살아 있는 사람들은 기뻐했다. 공간이 조금은 넓어질 테니까. 자원자들이 나서서 시체를 내던지기 시작했다. 그들은 바닥에 늘어져 있는 사람들을 뒤적였다.

"죽은 사람이다! 끌어내!"

자원자들은 시체의 옷을 벗겨 서로 나누어 가졌다. 그러면 마무리하는 사람 두 명이 각각 머리와 다리를 잡고 밀가루 부대 던지듯 시체를 열차 밖으로 내던졌다.

여기저기서 외치는 소리가 들렸다.

"이리 와봐! 여기도 있다. 내 옆 사람이 움직이지 않아."

두 사람이 아버지에게 다가오는 것을 보고 정신이 번쩍 들었다. 나는 아버지를 감쌌다. 몸이 싸늘했다. 아버지를 찰싹 때렸다. 반응을 보이지 않는 아버지의 팔을 문지르며 울었다.

"아버지! 아버지! 눈을 떠요. 아버지를 밖으로 내던지려 한단 말이에요."

아버지는 꿈쩍도 하지 않았다.

마무리하는 두 명이 내 목을 잡았다.

"내버려둬. 죽은 걸 모르겠어?"

"아니에요!"

나는 버럭 소리를 질렀다.

"죽지 않았어요! 아직 안 죽었어요!"

더 세게 아버지를 때렸다. 마침내 아버지가 눈을 반쯤 떴다. 눈에 생기라곤 없었다. 아버지는 가늘게 숨을 쉬고 있었다.

"봐요."

나는 흐느꼈다.

두 사람은 가버렸다.

우리 칸에서 시체 스무 구가 내던져졌다. 열차가 다시 출발했다. 눈 덮인 폴란드의 들판에 무덤도 없이 벌거벗은 고아 수백 명을 남겨두고서.

☾

우리는 식량을 배급받지 못했다. 눈으로 연명했다. 빵 대신 눈을 먹었다. 낮도 밤과 다름없었고, 밤은 암흑의 찌꺼기를 우리 영혼 속에 남겼다. 열차는 천천히 달렸다. 때로는 몇 시간이나 멈추었다가 다시 달렸다. 눈은 그칠 줄 몰랐다. 우리는 밤낮 바닥에 누워 있었다. 다른 사람 위에 올라탄 사람도 있었다. 누구도 입을 열지 않았다. 우리는 얼어붙은 몸뚱어리에 지나지 않았다. 모두 눈을 감고 있었고, 열차가 멈추어서 시체를 들어내기만 기다렸다.

☾

열차는 밤낮으로 달렸다. 때로는 독일의 작은 마을을 지나가기도 했다. 그때는 어김없이 이른 아침이었다. 독일인 노동자들이 일터로 가고 있었다. 그들은 놀라는 기색도 없이 잠시 멈춰 서서 우리를 쳐다보았다.

어느 날 열차가 멈추었을 때 어떤 노동자가 가방에서 빵 하나를 꺼내 열차 안으로 던졌다. 모두 벌 떼같이 몰려들었다. 굶주린 수십 명이 빵 부스러기를 두고 필사적으로 싸웠다. 그 노동자는 흥미로운 눈길로 그 광경을 지켜보았다.

몇 년 후 아덴에서 비슷한 광경을 목격한 적이 있다. 배에 탄 승객들은 '원주민'들에게 동전을 던지며 즐거워했다. 원주민들은 동전을 주우려고 뛰어들었다. 우아한 프랑스인 숙녀가 이 모습을 보며 매우 즐거워했다. 두 아이가 물속에서 뒤엉켜 필사적으로 싸우고 있었다. 한 아이가 다른 아이의 목을 졸라 죽이려는 모습을 보고 나는 그 숙녀에게 말했다.

"동전 그만 던져요!"

그 숙녀가 말했다.

"왜요? 난 자선을 베푸는 걸 좋아하는데."

빵이 날아든 열차 안에서는 어김없이 싸움이 벌어졌다. 서로 덤벼들고 짓밟고 쥐어뜯고 때리는 바람에 순식간에 아수라

장이 되었다. 고삐 풀린 굶주린 짐승 같았고, 눈에는 원시적인 증오의 빛이 번득였다. 어디서 그런 힘이 나오는지 날카로운 이와 손톱으로 서로 공격했다.

호기심 어린 눈을 한 행인들과 노동자들이 열차를 따라 죽 늘어섰다. 이런 화물열차를 처음 보는 모양이었다. 금방 사방에서 열차 안으로 빵이 쏟아졌다. 구경꾼들은 이 쇠약한 짐승들이 빵 부스러기를 놓고 서로 죽일 듯 덤벼드는 모습을 지켜보았다.

빵 하나가 우리 칸에 떨어졌다. 나는 꼼짝도 하지 않았다. 무엇보다도 사나운 남자 수십 명을 상대로 싸울 힘이 없다는 것을 잘 알고 있었기 때문이다. 가까이 있던 한 노인이 네 발로 기어가더니 이내 한데 엉켜 싸우는 무리에서 빠져나왔다. 한 손을 가슴에 대고 있었다. 처음에는 그가 가슴을 얻어맞았다고 생각했지만 알고 보니 빵을 셔츠 속에 감추고 있었다. 그는 번개같이 빵을 꺼내 입속에 넣었다. 두 눈이 반짝 빛났고, 창백한 얼굴에 웃음이 번져 마치 찡그린 듯한 표정이 되었다. 그러고는 시치미를 뚝 뗐다. 그 옆에 한 그림자가 내려앉더니 노인을 덮쳤다. 한 대 얻어맞고 깜짝 놀란 노인이 울부짖었다.

"마이어, 마이어! 날 못 알아보겠니? 넌 지금 아비를 죽이고 있어. 내게는 빵이 있어. 네게 줄 빵이. 네게 줄⋯⋯."

노인은 그 자리에 쓰러졌다. 그러면서도 빵 조각을 꼭 움켜쥐고 있었다. 그는 빵을 입으로 가져가려 했다. 그러나 아들이 다시 그를 덮쳤다. 노인은 뭐라고 중얼거리다가 신음하더니 죽어버렸다. 아무도 거들떠보지 않았다. 아들은 노인의 몸에서 빵 조각을 찾아내 미친 듯이 먹었다. 하지만 그것도 잠깐이었다. 두 사람이 그를 보고 있다가 달려들었다. 다른 사람들도 가세했다. 사람들이 물러났을 때 내 옆에는 아버지와 아들 시체 두 구가 놓여 있었다.

나는 열여섯 살이었다.

우리 칸에는 아버지의 친구인 마이어 카츠가 함께 타고 있었다. 그는 부나에서 정원사로 일했다. 때로는 우리에게 푸성귀를 좀 가져다주기도 했다. 다른 사람보다 그나마 영양 상태가 나았기 때문에 감금 생활도 그럭저럭 견뎌낼 수 있었다. 다른 사람들보다 힘이 셌기에 그는 우리 칸의 책임자로 임명되었다.

열차 안에서 맞은 세 번째 밤, 나는 숨이 막혀 화들짝 눈을 떴다. 누군가가 내 목을 조르고 있었다. 소리를 지를 틈도 없었다.

"아버지!"

그 한마디만 겨우 내뱉었다. 숨이 막혀 죽을 지경이었다. 아버지가 눈을 뜨고 공격자를 움켜잡았다. 하지만 힘이 없어 그놈을 떼어낼 수 없었다. 아버지는 마이어 카츠를 불러 도움을 청했다.

"빨리 와봐! 어떤 놈이 내 아들의 목을 조르고 있어!"

잠시 후 나는 자유로워졌다. 그 낯선 사람이 왜 나를 죽이려고 했는지는 끝내 알 수 없었다.

그런 마이어 카츠가 며칠 후 아버지에게 말했다.

"실로모, 난 너무 약해졌어. 힘이 다했어. 이젠 글렀어."

"포기하면 안 돼!"

아버지는 용기를 북돋워주려고 애썼다.

"싸워야 돼! 자신에 대한 믿음을 잃으면 안 돼!"

마이어 카츠는 신음을 내뱉었다.

"더는 못 견디겠어. 실로모…… 다 틀렸어. 더 이상은 힘들어."

아버지는 카츠의 팔을 붙잡았다. 그러자 우리 중에서 가장 기운이 센 마이어 카츠가 울기 시작했다. 첫 번째 선별 작업에서 헤어진 아들을 생각하며 눈물을 흘렸다. 이제 카츠는 완전히 무너져 내렸다. 더 버틸 힘이 없었다. 한계에 이른 것이다.

여정의 마지막 날, 매서운 바람이 불었다. 눈도 계속 내렸다. 우리는 끝, 진짜 끝이 가까이 다가온 것을 감지했다. 이 얼음같이 차가운 바람, 이 눈보라 속에서 오래 버틸 수는 없었다.

누군가가 일어나더니 소리를 질렀다.

"앉아 있으면 안 됩니다! 얼어 죽습니다. 일어나서 움직입시다!"

모두 일어났다. 젖은 담요를 바싹 당겨 어깨를 감쌌다. 우리는 그 자리에서 앞뒤로 왔다 갔다 하려고 애썼다.

갑자기 울부짖음, 상처 입은 짐승이 울부짖는 소리가 들렸다. 또 한 사람이 막 숨을 거두었다.

죽어가는 사람들이 그를 따라 울었다. 그 울음소리는 무덤 너머에서 들려오는 것 같았다. 이제 모두 울고 있었다. 신음하고 있었다. 비탄에 젖은 울음소리가 바람과 눈에 부딪혔다.

비탄은 이 칸에서 저 칸으로 퍼졌다. 너무나 빨리 전염되었다. 수백 명이 같이 울었다. 기나긴 죽음의 덜컹거림도 끝나가고 있었다. 모든 한계가 교차되었다. 힘이 남아 있는 사람은 단 한 명도 없었다. 그리고 밤은 끝없이 이어질 것 같았다.

마이어 카츠가 신음처럼 내뱉었다.

"차라리 총으로 쏴서 죽여주었으면……."

그날 밤, 우리는 목적지에 도착했다.

밤이 깊었다. 친위대가 와서 내리라고 했다. 죽은 사람은 열차 안에 그대로 버려졌다. 설 수 있는 사람만 떠날 수 있었다.

마이어 카츠는 열차에 남겨졌다. 그 마지막 날이 가장 치명적이었다. 우리 칸에는 100여 명이 타고 있었다. 그런데 열두 명만이 열차에서 내렸다. 아버지와 나도 내렸다.

우리는 부헨발트에 도착했다.

아버지의 죽음

수용소 입구에서 친위대 장교들이 기다리고 있었다. 인원 점검이 있었다. 그러고 나서 우리는 집회소로 향했다. 확성기로 명령이 전달됐다.

"5열 횡대! 100명씩 한 그룹으로! 5보 앞으로!"

나는 잡고 있던 아버지의 손을 더 꼭 쥐었다. 오래되고도 낯익은 두려움, 아버지를 놓쳐서는 안 된다는 두려움이 엄습했다.

화장장의 높은 굴뚝이 아주 가까이 있었다. 굴뚝은 이제 우리 마음을 흔들어놓지 못했다. 더는 우리의 관심을 끌지 못했다.

부헨발트의 고참 한 명이 샤워를 한 후 다른 블록으로 가게 될 것이라고 말했다. 뜨거운 물로 샤워한다는 생각이 내 마음을 빼앗았다. 아버지는 아무 말도 하지 않았다. 내 옆에서 숨만 가쁘게 쉴 뿐이었다.

"아버지, 조금만 있으면 누울 수 있을 거예요. 쉴 수 있어요."

아버지는 대답하지 않았다. 나도 너무 지쳐서 아버지의 침묵을 그냥 흘려버렸다. 될 수 있는 대로 빨리 샤워하고 침대에 눕고 싶은 생각뿐이었다.

샤워장에 들어가기는 쉽지 않았다. 수백 명의 수감자들이 근처에서 북적댔다. 경비원들도 질서를 회복하기에는 역부족인 듯 보였다. 닥치는 대로 채찍을 휘둘러도 소용없었다. 밀치고 나갈 힘이나 서 있을 힘이 없는 수감자 몇 명이 눈 위에 주저앉았다. 아버지도 주저앉으려 했다. 아버지의 입에서 신음이 흘러나왔다.

"이제 난 글렀어. 다 끝났어. 여기서 죽게 되는구나."

그러면서 나를 눈 더미 쪽으로 끌어당겼다. 아버지는 찢어진 담요를 걸친 사람 모양의 눈 더미였다.

아버지가 말했다.

"날 내버려둬. 이젠 더 갈 수 없어. 날 불쌍히 여기렴. 샤워장에 들어갈 때까지 여기서 좀 쉬고 있을 테니 그때 와서 날 데려가거라."

나는 화가 나서 하마터면 소리를 지를 뻔했다. 그렇게 오랫동안 참고 목숨을 부지해왔는데 여기서 아버지가 죽도록 내버려둬야 한단 말인가? 이제 곧 뜨거운 샤워를 하고 누울 수 있는데도?

　"아버지!"

　나는 울부짖었다.

　"아버지! 일어나세요! 당장! 안 그러면 죽어요."

　팔을 붙잡아 일으키려 하자 아버지가 신음하듯 말했다.

　"소리 지르지 마라. 이 늙은 아비를 불쌍히 여겨 좀 봐주렴. 여기서 쉬도록 놔둬. 조금만⋯⋯. 부탁이다. 너무 지쳤어. 힘이 하나도 없구나."

　아버지는 어린아이가 되어버렸다. 약하고 겁에 질리고 상처받기 쉬운.

　"아버지, 여기 이러고 있으면 안 돼요."

　주위에 널브러진 시체들을 가리켰다. 모두 여기서 쉬기를 바란 사람들이었다.

　"보인다. 사람들이 보여. 자도록 내버려둬라. 오랫동안 눈을 붙이지 못한 사람들이야. 기진맥진했어. 기진맥진한 거야."

　아버지의 목소리는 부드러웠다.

　나는 바람을 향해 울부짖었다.

"저 사람들은 죽었어요! 다시는 눈을 뜨지 못해요! 다시는! 내 말 알아들어요?"

이런 실랑이가 잠시 계속되었다. 나는 아버지와 실랑이를 벌이는 것이 아니라 아버지가 선택한 죽음, 죽음 그 자체와 실랑이를 벌인다는 것을 알았다.

그때 갑자기 사이렌이 울렸다. 경계경보였다. 수용소 전체에 불이 꺼졌다. 경비원들이 우리를 블록 쪽으로 내몰았다. 눈 깜짝할 사이에 모두 블록 안으로 들어갔다. 살을 에는 바람을 맞으며 밖에 서 있지 않아도 된다는 사실에 안도했다. 우리는 바닥에 주저앉았다. 입구의 큰 솥에 눈독을 들이는 사람은 아무도 없었다. 2층 침대 몇 개가 있었다. 당장은 잠을 자는 것 외에는 아무것도 생각할 수 없었다.

(

눈을 떠보니 대낮이었다. 퍼뜩 아버지가 생각났다. 경계경보 중에 무리를 뒤따르느라 아버지를 챙기지 못했다. 기력이 다해 죽음을 눈앞에 두고 있다는 것을 알면서도 아버지를 버렸다.

나는 아버지를 찾으러 나갔다.

196

문득 이대로 아버지를 찾지 못했으면 하는 생각이 슬며시 고개를 들었다. 이 책임에서 벗어날 수만 있다면……. 그러면 나 자신을 돌보고 나의 생존을 위해 싸우는 데 모든 힘을 쏟아부을 수 있을 텐데. 바로 죄책감이 엄습했다. 숨을 쉬고 살아 있는 한 영원히 이 죄책감에서 벗어날 수 없으리라.

　몇 시간이나 돌아다녔지만 결국 아버지를 찾지 못했다. 블록으로 돌아와 보니 블랙커피를 배급하는 중이었다. 사람들이 줄을 서서 티격태격하고 있었다.

　그때 내 뒤에서 하소연하는 듯한 목소리가 들렸다.

　"엘리저, 커피 좀…… 갖다 줘."

　나는 아버지에게 달려갔다.

　"아버지! 얼마나 찾았다고요. 어디 계셨어요? 좀 주무셨어요? 몸은 어떠세요?"

　아버지의 몸은 불덩어리 같았다. 나는 짐승처럼 사람들을 헤치고 커피 냄비가 있는 쪽으로 나아갔다. 커피 한 잔을 받아 한 모금 마셨다. 나머지는 아버지 몫이었다. 커피를 마실 때 아버지의 눈에 스친 감정을 결코 잊지 못할 것이다. 고마워하는 마음을 담은 상처 입은 짐승의 눈빛이었다. 뜨거운 커피 몇 모금으로 지금껏 해드린 어떤 것보다 더 큰 만족을 아버지에게 드린 것이다.

아버지는 바닥에 누워 있었다. 마치 잿더미 같았다. 입술은 창백했고 바짝 메마른 데다 와들와들 떨고 있었다. 하지만 아버지 곁에 더 머물 수 없었다. 밖으로 나와 블록을 청소하라는 명령이 떨어졌기 때문이다. 병자만이 안에 남아 있을 수 있었다.

우리는 다섯 시간이나 밖에 있었다. 그리고 수프를 배급받았다. 블록으로 돌아가라는 명령이 떨어지자마자 나는 급히 아버지에게 달려갔다.

"뭘 좀 드셨어요?"

"아니."

"왜요?"

"줘야 먹지. 아파서 곧 죽을 사람이니 줘봤자 식량만 낭비할 뿐이라고 하더구나. 난 이제 끝났어."

남은 수프를 아버지에게 주었다. 그러나 내 마음은 한없이 무거웠다. 내가 마지못해 그렇게 한 것을 알고 있었다.

랍비 엘리아후의 아들처럼 나도 그 유혹을 이겨내지 못했다.

❨

아버지는 하루가 다르게 쇠약해졌다. 눈에는 눈물이 글썽거렸고, 낯빛은 죽은 나뭇잎 같았다.

부헨발트에 도착한 후 사흘째 되는 날, 모두 샤워하러 가야 했다. 환자들도 빠짐없이 샤워를 하라는 명령이 떨어졌다.

샤워장에서 돌아와 한참을 밖에서 기다려야 했다. 블록 청소가 아직 끝나지 않았던 것이다.

멀리에서 걸어오는 아버지를 보고 달려갔다. 아버지는 그림자처럼 나를 그대로 지나쳤다. 걸음을 멈추지도 않고, 한번 쳐다보지도 않았다. 아버지를 불렀지만 돌아보지 않았다. 나는 아버지를 쫓아갔다.

"아버지, 어디로 가시는 거예요?"

아버지는 잠시 나를 바라보았다. 시선은 딴 세상을 보는 듯 아득했고, 얼굴은 마치 낯선 사람 같았다. 하지만 그것도 잠깐뿐이었다. 아버지는 시선을 거두고 가던 길을 갔다.

☾

이질에 걸린 아버지는 침대에 엎드려 있었다. 주변에 병든 수감자 다섯 명이 있었다. 나는 옆에 앉아서 아버지를 보았다. 이제는 아버지가 '죽음'을 피할 수 있다고 믿지 않았다. 그럼에도 아버지에게 희망을 주기 위해 할 수 있는 일을 다 했다.

갑자기 아버지가 자리에서 일어나더니 불덩어리 같은 입술을 내 귀에 대고 말했다.

"엘리저, 금과 은을 어디다 숨겨놨는지 말해주마. 지하 창고
…… 알다시피…….

하고 싶은 말을 다 하지 못할까 봐 두려운 듯 아버지의 목소
리가 점점 다급해졌다. 나는 아직 끝나지 않았다고, 우리는 함
께 집으로 돌아가게 될 것이라고 말해주려고 했다. 그러나 아
버지는 내 말을 들으려고 하지 않았다. 아니, 들을 수가 없었
다. 피가 섞인 침이 아버지의 입술에서 흘러내렸다. 아버지는
눈을 감았다. 숨을 쉰다기보다 헐떡이고 있었다.

☾

배급으로 나온 빵을 넘겨주고 아버지 옆 침대로 옮겼다. 오
후에 의사가 왔을 때 의사를 찾아가 아버지가 매우 아프다고
말했다.

"이리 데리고 와!"

일어서지도 못한다고 말했으나 의사는 막무가내였다. 그래
서 힘겹게 아버지를 의사에게 데려갔다. 의사는 아버지를 보
더니 퉁명스럽게 물었다.

"원하는 게 뭐야?"

"아버지가 편찮으십니다."

아버지 대신 내가 대답했다.

"이질……."

"그건 내가 알 바 아니다. 난 외과 의사야. 가봐. 다른 환자들이 기다리고 있어."

항의해봤자 소용없었다.

"더는 못 버티겠어. 침대로 데려다줘."

아버지를 데려가서 침대에 눕혀주었다. 아버지는 사시나무 떨듯 떨었다.

"아버지, 눈 좀 붙이세요. 주무시는 게 좋겠어요."

아버지는 숨을 쉬는 것조차 힘겨워 보였다. 두 눈을 감고 있었지만 나는 아버지가 모든 것을 보고 모든 것에서 진실을 본다고 확신했다.

다른 의사가 블록에 왔다. 아버지는 일어나려고 하지도 않았다. 그래봐야 소용없는 일임을 알고 있었다.

사실 그 의사는 환자를 정리하러 온 것이었다. 한 환자에게 침대만 차지하고 있을 뿐 아무짝에도 쓸모없는 놈이라고 말하는 소리를 들었다. 의사에게 달려들어 목이라도 조르고 싶었다. 그러나 그럴 용기도, 힘도 없었다. 나는 고통스러워하는 아버지에게서 눈을 떼지 않았다. 아버지의 손을 너무 세게 쥐어서 손이 다 아플 지경이었다. 의사고 뭐고 다 목 졸라 죽여버릴 테다! 온 세상에 불을 질러버릴 테다! 아버지를 죽인 놈들! 그러나 그 외침조차 목구멍에 달라붙어 버렸다.

☾

빵 배급을 받아 돌아와 보니 아버지가 어린애처럼 울고 있었다.

"놈들이 막 때려!"

"누가요?"

나는 아버지가 헛소리를 한다고 생각했다.

"저 프랑스 놈…… 저 폴란드 놈…… 놈들이 날 때려."

가슴을 찌르는 것이 하나 더 늘었다. 미워할 이유가 하나 더 생겼고, 살아야 할 이유가 그만큼 줄었다.

"엘리저…… 엘리저…… 날 때리지 말라고 말해줘. 난 아무 짓도 안 했어. 그런데 왜 날 때리는 거지?"

나는 아버지 옆에 있는 사람들을 욕하기 시작했다. 그들은 그런 나를 놀려댔다. 그들에게 빵과 수프를 약속했다. 그들은 비웃었다. 그러더니 화를 냈다. 더는 아버지를 봐줄 수 없다고 했다. 아버지가 대소변을 가리지 못하기 때문이었다.

다음 날 아버지는 놈들이 자기 빵을 빼앗아갔다고 불평했다.

"졸고 있을 때 그랬어요?"

"아니, 난 안 졸았어. 놈들이 달려들었어. 놈들이 빼앗아갔어. 내 빵을…… 그리고 날 막 때렸어. 또……. 난 걸을 수 없어. 엘리저…… 물 좀 갖다 줘."

아버지에게 물을 주어서는 안 된다는 것을 알고 있었다. 하지만 하도 간곡하게 부탁해서 결국 물을 가져다주었다. 물은 아버지에게 가장 해로운 것이었다. 그러나 달리 어떻게 해볼 수도 없었다. 물을 마시든 마시지 않든 어쨌든 곧 끝장날 것이다.

"너만은 날 불쌍히 여기겠지."

불쌍히 여겨달라니! 외아들에게.

그렇게 일주일이 지나갔다.

"네 아버지냐?"

블록 책임자가 물었다.

"네."

"상태가 매우 안 좋군."

"의사가 아무것도 안 해줘요."

그는 내 눈을 똑바로 쳐다보았다.

"의사도 더는 손쓸 수 없어. 네가 어떻게 해볼 수 없는 것처럼."

그는 털투성이 손을 내 어깨에 얹으며 덧붙였다.

"내 말 잘 들어. 여긴 수용소야. 그걸 잊으면 안 돼. 내 몸 하나 챙기기도 벅찬 곳이야. 너라고 예외일 순 없어. 네 아버지도 마찬가지고. 누구나 혼자 살다가 혼자 죽는 거야. 한마디 충고해주지. 네 몫의 빵과 수프를 늙은 아버지에게 주지 마라. 더는 아버지를 도와줄 수 없어. 넌 너 자신을 축내고 있어. 사실은 네가 아버지 몫까지 챙겨야 하는데……."

그가 하는 말을 묵묵히 끝까지 들었다. 그의 말이 옳았다. 그럴 수는 없다고 생각하면서도 또 다른 생각이 머릿속을 파고들었다. 병든 아버지를 구하기에는 이미 너무 늦었다. 두 사람 몫의 빵과 수프를 챙길 수 있다…….

그러나 1초도 안 되어 죄의식이 파도처럼 밀려들었다. 달려가서 수프를 구해 아버지에게 가져다주었다. 그러나 아버지는 수프를 원하지 않았다. 물만 찾았다.

“물은 안 돼요. 수프를 드세요.”

“목이 타들어가. 나한테 왜…… 이러는 거니? 물을…….”

어쩔 수 없이 아버지에게 물을 갖다 주었다. 그러고 나서 인원 점검을 받으러 나갔다. 하지만 곧바로 돌아와 위층 침대에 누웠다. 환자는 블록에 남아 있어도 되었다. 나도 아프고 싶었다. 아버지 곁을 떠나고 싶지 않았다.

주위는 조용했다. 간간이 신음 소리만 들릴 뿐이었다. 블록 앞에서는 친위대가 명령을 내리고 있었다. 장교 한 명이 침대 사이를 지나갔다. 아버지가 간청했다.

“얘야, 물……. 목이 타들어가……. 속이…….”

“거기 조용히 하지 못해!”

장교가 고함쳤다.

“엘리저, 물…….”

아버지는 계속 신음했다.

장교가 가까이 다가와 아버지에게 조용히 하라고 다시 소리쳤다. 그러나 아버지는 듣지 않았다. 계속 나를 찾았다. 장교는 곤봉을 휘둘러 아버지의 머리를 세게 쳤다.

나는 꼼짝도 하지 않았다. 내 머리를 얻어맞을까 봐 두려웠다.

아버지는 한 번 더 신음했다.

"엘리저……."

아버지가 아직 숨 쉬는 것이, 아니 헐떡이는 것이 보였다. 나는 움직이지 않았다.

인원 점검이 끝나고 침대에서 내려와 보니 아버지는 입술을 달싹이고 있었다. 무언가 중얼거리고 있었다. 아버지의 얼굴 위로 몸을 구부린 채 한 시간 넘게 아버지를 바라보았다. 피 묻고 상한 얼굴을 마음에 아로새기며.

어쨌든 잠을 좀 자둬야 했다. 아버지 침대 위의 침대로 올라갔다. 그때만 해도 아버지는 살아 있었다. 1945년 1월 28일이었다.

☾

1월 29일 새벽, 눈을 떴을 때 아버지 침대에는 다른 환자가 누워 있었다. 날이 밝기 전에 아버지를 끌고 가서 화장장에 넘긴 듯했다. 그때도 아마 숨이 붙어 있었을 것이다.

아버지의 무덤에서 기도하는 사람은 없었다. 아버지를 추념하는 촛불 하나 밝히지 않았다. 아버지가 남긴 마지막 말은 내 이름이었다. 아버지는 내 이름을 불렀으나 나는 대답하지 않았다.

206

나는 울지 않았다. 눈물이 나오지 않아 괴로웠다. 내 눈물은 이미 말라버리고 없었다. 내 마음 깊은 곳에 남아 있는 한 가닥 흐릿한 양심, 그 안쪽을 더듬으면 아마 이런 감정이 숨어 있었을 것이다. 마침내 자유로워졌다!

역사의 수레바퀴

4월 11일까지 나는 부헨발트에 있었다. 그 기간에 겪은 일은 이야기하지 않겠다. 중요한 일이 아니니까. 아버지가 돌아가신 후 내게는 그 어떤 것도 의미가 없었다.

나는 어린이 블록으로 옮겨졌다. 그곳에는 600명에 이르는 어린아이가 있었다.

전선은 점점 더 가까워졌다.

나는 하는 일 없이 하루하루를 보냈다. 먹고 싶은 욕구밖에 없었다. 이제는 아버지도, 어머니도 생각하지 않았다.

이따금 꿈을 꾸었다. 수프가 나오는 꿈, 수프가 더 많이 배급되는 꿈을 꾸었다.

(

4월 5일, 역사의 수레바퀴가 방향을 바꾸었다.

늦은 오후였다. 우리는 친위대가 와서 인원 점검을 하길 기다리며 블록 안에 서 있었다. 친위대는 늦게 나타났다. 그렇게 늦게 나타난 것은 부헨발트 역사상 전례가 없는 일이었다. 무슨 일이 일어난 것이 틀림없었다.

두 시간 뒤 수용소장의 목소리가 확성기를 통해 흘러나왔다. 유대인은 모두 집회소에 집합하라는 명령이었다.

그것으로 끝이었다. 히틀러는 어쨌든 약속을 지키려 했다.

수용소의 어린이들은 명령에 복종했다. 달리 방법이 없었다. 블록 책임자인 구스타브는 곤봉으로 말을 대신했다. 그러나 집회소로 가는 길에 만난 몇몇 수감자가 우리를 만류했다.

"블록으로 돌아가라. 독일군은 우리를 모두 쏴 죽일 작정이야. 블록으로 돌아가서 꼼짝도 하지 마라."

우리는 블록으로 발길을 돌렸다. 돌아가는 길에 수용소의 지하 저항군이 나치의 유대인 몰살 계획을 방해하고 유대인을 구출하기로 결정했다는 사실을 알게 되었다.

시간이 지날수록 혼란이 극심해졌다. 많은 유대인들이 유대인이 아닌 척 명령에 따르지 않았다. 수용소장은 내일 전체 인원 점검을 하기로 결정했다. 모두 집회소에 모이라고 통보했다.

다음 날, 인원 점검이 있었다. 수용소장은 부헨발트 수용소가 폐쇄된다고 발표했다. 매일 열 블록씩 소개된다고 했다. 그때부터 빵과 수프 배급이 중지되었다. 그리고 소개가 시작되었다. 매일 수천 명의 수감자가 수용소 정문을 통과했고, 다시는 돌아오지 않았다.

❨

4월 10일, 수용소에는 아직도 수감자 2만여 명이 남아 있었다. 그중에는 어린이도 수백 명 포함되어 있었다. 남은 블록 수감자들을 한꺼번에 소개한다는 결정이 내려졌다. 모두 출발하고 나면 저녁 무렵 수용소를 폭파할 것이라고 했다.

우리는 집회소에 모여 5열로 정렬한 후 정문이 열리길 기다렸다. 갑자기 사이렌이 울렸다. 경계경보였다. 우리는 블록으로 되돌아갔다. 그날 우리를 소개하기에는 너무 늦었다. 소개는 다음 날로 연기되었다.

우리는 굶주림에 시달렸다. 풀포기 한 줌과 취사실 바닥에서 발견한 감자 껍질 외에는 거의 엿새간 아무것도 먹지 못했다.

아침 10시, 수용소 구석구석에 배치된 친위대가 우리를 한 명도 남김없이 집회소로 끌어모았다.

바로 그때 지하 저항군이 행동에 나서기로 결정했다. 무장한 사람들이 사방에서 나타났다. 총성이 울리고, 수류탄이 터졌다. 어린이들은 블록 바닥에 납작 엎드려 있었다.

전투는 오래가지 않았다. 정오 무렵에 사방이 조용해졌다. 친위대는 달아났고, 저항군이 수용소를 장악했다.

오후 6시, 첫 미군 탱크가 부헨발트 정문에 나타났다.

(

자유인으로서 우리가 맨 먼저 한 행동은 음식을 찾아 달려든 것이었다. 그 생각밖에 없었다. 복수를 해야 한다는 생각도, 부모 생각도 없었다. 오로지 빵 생각뿐이었다.

배를 채운 후에도 복수를 생각하는 사람이 없었다. 다음 날 몇몇 젊은이들이 바이마르로 달려갔다. 감자와 옷가지를 가져오기 위해, 그리고 아가씨와 잠자리를 하기 위해. 그러나 복수를 하려는 기미는 보이지 않았다.

부헨발트가 해방되고 사흘째 되는 날, 나는 심하게 앓았다. 무언지 몰라도 독극물 때문이었다. 나는 병원으로 이송되어 생사의 갈림길을 오가며 2주를 보냈다.

어느 날 자리에서 일어난 나는 맞은편 벽에 걸린 거울 앞에 섰다. 게토를 떠난 후 처음으로 내 모습을 보았다.

거울 속에서 시체 하나가 나를 응시하고 있었다.

그 눈은 언제까지고 나를 떠날 줄 몰랐다.

하나님도 없고 사람도 없는 이 세상에 정말 나 혼자 있었다.

사랑도 없고, 자비도 없었다.

나는 잿더미에 지나지 않았다.

그러나 내 삶을 오랫동안 지배한 전능자보다 강하다고 느꼈다.

한순간 한순간이 은총의 순간이고
한 시간 한 시간이 헌신의 시간입니다

국왕 폐하와 세자 전하, 귀빈들, 아르빅Aarvik 위원장님, 노벨
위원회 위원, 그리고 신사 숙녀 여러분.

먼저 유대 전통에 따라 하나님께 감사드립니다. 특별한 경
우에 우리 유대인은 이런 기도문을 암송하게 되어 있습니다.
"바루크 아타 오도나이Barukh atah Adonai…… 셰헤캬누 베키마누
베히기아누 라즈만 하제shehekhyanu vekiymanu vehigianu lazman hazeh."
생명을 주시고 먹을 것을 주셔서 오늘까지 살아 있게 해주신
하나님, 축복받으소서.

다음으로 풍부한 제스처를 섞어가며 의미심장한 연설을 해

주신 아르빅 위원장님께 감사드립니다. 사람들과 세대 간에 다리를 놓아주신 것에 감사드리고, 특히 인류가 평화롭게 살아갈 수 있도록 서로 돕는 것이 가장 절박한 일이고 가장 고귀한 목표라고 말씀해주셔서 고맙습니다.

아르빅 위원장님의 말씀에 깊은 감동을 받았습니다. 겸손한 마음으로 귀하께서 수여하는 세계 최고의 영예를 받아들이겠습니다. 저는 귀하께서 제 인품을 보고 이번 수상을 결정하지 않았다는 것을 알고 있습니다.

죽은 사람들을 대표할 권리가 제게 있을까요? 그들을 대신해서 이 큰 영예를 누릴 권리가 제게 있을까요? 제게는 그런 권리가 없습니다. 죽은 이들을 대변할 수 있는 사람은 없고, 그들의 좌절된 꿈과 비전을 이야기할 수 있는 사람도 없을지 모릅니다. 그렇지만 저는 그들을 몸으로 느끼고 있습니다. 늘 그랬지만 지금 이 순간은 특히 더 그렇습니다. 부모님, 여동생, 선생님들, 친구들 그리고 동료들의 존재……

이 영예는 모든 생존자와 그들의 자식들 것이고, 또한 제가 그 운명을 직접 체험한 유대 민족의 것입니다.

저는 기억하고 있습니다. 그 일은 어제 일어난 일이기도 하고 까마득한 옛날에 일어난 일이기도 합니다. 한 유대인 소년이 '밤의 왕국'을 알게 되었습니다. 저는 그 소년이 겪은 혼란과 고뇌를 기억하고 있습니다. 전광석화같이 일어난 일이었습니다. 게토. 추방. 밀폐된 가축 수송용 열차. 유대 민족의 역사와 인류의 미래, 그 모든 것의 희생을 뜻하는 불타는 제단.

그 소년이 아버지에게 이렇게 물어본 것을 기억하고 있습니다. "이런 일이 어떻게 일어날 수 있습니까? 지금은 중세가 아니라 20세기입니다. 그런 범죄를 저지르도록 사람들이 놔둘 리 없습니다. 왜 사람들은 침묵을 지키는 겁니까?"

이제 그 소년이 저에게 묻습니다.

"내 미래를 위해 당신은 무엇을 했고 어떻게 살아왔는지 말해주시오."

저는 소년에게 노력했다고 말합니다. 기억이 묻혀버리지 않도록 노력했고, 애써 잊어버리려는 사람과 싸우려고 노력했다고. 그 기억을 잊는다면 죄를 범하는 것이고 우리 모두 공범이 되기 때문입니다.

그리고 우리는 정말 순진했다고, 세상 사람들은 알고도 침묵을 지켰다고 소년에게 말해줍니다. 그것이야말로 인간이 고통을 당하고 굴욕을 당하면 언제 어디서든 침묵하지 않겠다고 제가 맹세하게 된 이유입니다. 우리는 가담해야 합니다. 중립은 가해자만 도울 뿐 희생자에게는 아무런 도움도 되지 않습니다. 침묵은 결과적으로 괴롭히는 사람 편에 서는 것입니다.

고통을 받는 사람 편이 아닙니다. 때로는 간섭해야 합니다. 인간의 목숨이, 인간의 존엄성이 위협받을 때는 국경을 초월해 나서야 하고 소극적인 태도를 버려야 합니다. 남녀를 불문하고 인종이나 종교, 정치적 견해 때문에 박해받는 사람이 있는 곳이, 언제든 우주의 중심이 되어야 합니다.

우리 민족의 역사와 전통에 깊이 뿌리를 내린 유대인으로서 저는 무엇보다도 유대인이 느끼는 공포, 유대인에게 필요한 것, 그리고 유대인이 처한 위기에 먼저 대응할 것입니다. 제가 바로 버림받은 유대인으로서 고통과 외로움을 경험한 상처 입은 세대에 속하기 때문입니다. 제가 이스라엘, 소련의 유대인, 아랍 국가의 유대인 등 유대인 문제를 우선시하지 않는다면 오히려 그편이 자연스럽지 않을 것입니다. 그러나 다른 문제들도 그에 못지않게 중요합니다. 제가 보기에는 아파르트헤이트Apartheid(남아프리카공화국의 인종차별 정책—옮긴이)는 반유대주의만큼이나 혐오스러운 것이고, 안드레이 사하로프Andrei Sakharov•의 고립은 요셉 베건Joseph Begun••의 투옥이나 이다 누

• 소련 최초의 수소폭탄을 개발한 러시아의 핵물리학자. 핵실험과 핵무기에 반대하며 인권 운동을 했고, 1975년 노벨평화상을 수상했다.
•• Iosif Ziselovich Begun. 소련 유대인의 이주를 지지한 인권 운동가이자 작가, 번역가.

델Ida Nudel•의 추방만큼 명예롭지 못한 것입니다. 폴란드의 자유노조Solidarity••나 그 지도자 레흐 바웬사Lech Walesa•••의 반체제운동을 부인하는 것도 그렇고, 넬슨 만델라Nelson Mandela••••가 계속 수감되어 있는 것도 마찬가지입니다.

관심을 보여달라고 외치는 불의와 고통은 많습니다. 굶주림이나 인종차별, 정치적 박해의 희생자들—예를 들면 칠레나 에티오피아 같은 나라—그리고 시인이나 작가 들, 우익이나 좌익이 지배하는 나라의 수많은 수감자들…….

모든 대륙에서 인권이 침해받고 있습니다. 자유로운 사람보다 억압받는 사람이 더 많습니다. 그들이 처한 곤경을 어떻게 외면할 수 있습니까? 누구나 도처에서 벌어지는 불의나 인간의 고통에 관심을 가져야 합니다. 팔레스타인 사람들 또한 마찬가지입니다. 저는 그들의 처지에 아픔을 느낍니다만, 그들이 폭력적 방법에 호소할 때는 슬픔을 금할 길이 없습니다. 폭력은 해결책이 될 수 없습니다. 테러리즘은 가장 위험한 답입니다. 그들은 낙담하고 있습니다. 그건 이해합니다. 어떻게든

• 소련 유대인의 이주를 지지한 인권 운동가.
•• 1980년대 폴란드 민주화 운동을 이끈 동구권 최초의 독립노동조합.
••• 폴란드 자유노조 창립자이자 폴란드 제7대 대통령.
•••• 남아프리카공화국 최초의 흑인 대통령이자 흑인인권운동가.

손을 써야 합니다. 난민들과 그들이 겪는 불행. 아이들과 그들이 겪는 공포. 쫓겨난 사람들과 그들이 겪는 절망. 그들을 그대로 두어서는 안 됩니다. 유대 민족과 팔레스타인 민족은 둘다 아들과 딸을 너무 많이 잃었고, 피를 너무 많이 흘렸습니다. 반목과 유혈 사태는 중지되어야 하고 이를 위한 노력은 계속되어야 합니다. 이스라엘은 협력할 것입니다. 그럴 것이라고 확신합니다. 저는 이스라엘을 믿습니다. 왜냐하면 유대 민족을 믿기 때문입니다. 이스라엘에 기회를 줍시다. 이스라엘의 지평선에서 증오와 위험이 사라지게 해야 합니다. 그러면 성스러운 땅과 그 주변 나라에 평화가 올 것입니다.

제가 이스라엘 문제에 깊이 관여하는 것을 이해해주시기 바랍니다. 제가 기억하는 것을 기억하신다면 이해해주시리라 믿습니다. 이스라엘은 이 세계에서 그 존재를 위협받는 유일한 나라입니다. 이스라엘이 한 차례 전쟁에서 만에 하나 지기라도 한다면 이스라엘과 이스라엘 민족은 종말을 맞게 될 것입니다. 그러나 제게는 믿음이 있습니다. 아브라함의 하나님, 이삭의 하나님, 야곱의 하나님에 대한 믿음과 그가 창조한 세계에 대한 믿음이 있습니다. 믿음이 없으면 어떤 행동도 불가능합니다. 행동은 겉으로 드러나지 않는, 가장 큰 위험인 무관심에 대한 유일한 치유책입니다. 알프레드 노벨이 남긴 유산의 의미도 그런 것이 아니겠습니까? 노벨이 전쟁을 두려워한 것이 전쟁에 반대하는 방패막이 되지 않았습니까?

해야 할 일도 많고, 할 수 있는 일도 많습니다. 라울 발렌베리Raoul Wallenberg● 나 알베르트 슈바이처Albert Schweitzer●● , 마틴 루서 킹 주니어Martin Luther King Jr.●●● 같이 고결한 사람들은 삶과 죽음의 차이를 구별할 수 있습니다. 반체제 인사가 한 명이라도 수감되어 있는 한 우리의 자유는 불완전할 수밖에 없습니다. 어린이가 한 명이라도 굶주리는 한 우리 삶은 고뇌와 치욕으로 가득 차게 될 것입니다. 그들이 혼자가 아니라는 것, 우리가 그들을 잊지 않았다는 것, 그들의 목소리가 잦아들 때 우리 목소리를 빌려주리라는 것, 그들의 자유가 우리 자유에 달려 있는 한편 우리 자유도 그들의 자유에 달려 있다는 것을 모든 희생자에게 알려주어야 합니다.

제가 그들 나이에 겪은 일들을 의아하게 여기는 어린 유대인 소년들에게 저는 그런 이야기를 들려줍니다. 저는 그 소년의 이름으로 여러분에게 말하고 있고, '밤의 왕국'에서 살아남

● 나치로부터 2만 명 이상의 유대인을 구한 스웨덴 외교관.
●● 아프리카 의료 봉사 활동을 시작으로 평화 운동을 실천한 신학자이자 의사. 1952년 노벨평화상을 수상했다.
●●● 미국 최초의 흑인 대통령이자 흑인인권운동가. 1964년 당시 역대 최연소로 노벨평화상을 수상했다.

은 사람으로서 여러분에게 깊이 감사드립니다. 우리는 한순간 한순간이 은총의 순간이고 한 시간 한 시간이 헌신의 시간이라는 것을 알고 있습니다. 은총과 헌신을 나누지 않는 것은 그것을 배반하는 것을 의미합니다.

목숨은 자신의 것만은 아닙니다. 목숨은 우리를 절박하게 필요로 하는 모든 사람의 것입니다.

아르빅 위원장님, 감사합니다. 노벨위원회 위원 여러분, 감사합니다. 노르웨이 국민 여러분, 이 특별한 행사에서 우리가 살아 있는 것이 인류를 위해 의미 있는 일이라고 선언해주셔서 감사합니다.

1986년 12월 10일, 오슬로에서

엘리 위젤

어린아이의 눈에 비친 나치 수용소의 참상을 통해
인간 존재의 본질을 음미해보기를……

나는 나무를 쳐다보며 이야기 나누는 것을 유독 좋아한다. 작업하다가도 가끔 의자를 돌리고 앉아 길가 한구석에 있는 목련을 바라보기도 하고, 하루에도 몇 번씩 목련 나무 그늘 아래에서 머리를 식힌다. 봄에 유달리 흰 꽃망울을 터뜨리더니 지금은 작은 고추 같은 것을 뚝뚝 떨어뜨리는 목련. 잎이 바람에 사르르 사르르 떨고, 잎 사이로 푸른 하늘이 언뜻언뜻 보인다. 다른 하늘이 겹친다. 다른 나무가 겹친다. 게슈타포 요원이 젖먹이 유대인을 표적 삼아 사격 연습을 할 때도 하늘이 이렇게 마냥 푸르기만 했다니. 생명의 환희를 노래하는 이 나무가 천사 같은 소년을 목매단 교수대로 사용되고 저자가 어렸을 때 모질게도 얻어맞은 나무틀로 사용되었다니.

이루어놓은 일 없이 어느덧 지천명知天命에 접어든 탓일까? 엘리 위젤의 《나이트》를 번역한 탓일까? 요즘 들어 나무 보며 생각하는 시간이 더욱 많아졌고, 그럴 때면 으레 이 책을 번역하면서 가장 인상 깊은 구절이 자꾸 떠오른다. 수용소 안에서 두 남자와 한 아이가 교수형 당하는 것을 보면서 신은 어디에 있느냐고 절규하는 장면이다.

우리는 희생자 앞을 지나갔다. 두 사람은 이미 숨이 끊겼졌다. 그들의 혀는 축 늘어진 데다 부풀어 오르고 푸르스름했다. 그러나 세 번째 밧줄은 아직 움직이고 있었다. 너무 가벼운 그 아이는 아직도 숨을 쉬고 있었다.

소년은 우리가 보는 앞에서 30분 넘게 몸부림치며 삶과 죽음의 경계를 넘나들었다. 우리는 가까이서 소년을 보아야만 했다. 내가 지나갈 때도 소년은 살아 있었다. 혀는 아직도 붉었고, 눈도 여전히 감기지 않았다.

내 뒤에서 아까 그 사람이 다시 묻는 소리가 들렸다.

"하나님은 어디에 있는가?"

그때 내 안에서 어떤 목소리가 대답하는 것을 들었다.

"하나님이 어디 있느냐고? 여기 교수대에 매달려 있지."

그날 저녁 수프는 시체 맛이 났다.

'홀로코스트.' 어쩐지 말 자체가 섬뜩하다. 홀로코스트는 '완전히 타버리다'라는 뜻의 그리스어 'holokauston'에서 나온 말로 사전적 의미로는 짐승을 통째로 태워 바치는 '번제'나 '번제물'을 뜻하지만, 일반적으로는 제2차 세계대전 중에 나치가 저지른 유대인 대학살을 뜻하는 고유명사로 쓰인다. 홀로코스트 문학이란 나치의 만행을 증언한 문학을 말한다. 《나이트》는 안네 프랑크의 《일기》, 프리모 레비의 《이것이 인간인가》, 빅터 프랭클의 《죽음의 수용소에서》와 함께 홀로코스트 문학의 대표작이라 할 만한 작품이다. 그러나 이 책은 안네 프랑크의 《일기》와도 다르고, 위의 두 책과도 다르다.

알다시피 안네 프랑크는 나치 점령하의 네덜란드에서 겪은 은신 생활을 그린 《일기》를 남기고 열다섯 살 때 수용소로 끌려가 안타깝게도 희생됐다. 화학자 레비와 정신과 의사 프랭클은 각각 20대 초반과 30대 말에 아우슈비츠 수용소에서 3년을 보내고도 살아남았고(두 사람은 인간 이하이기를 강요하는 상황에서 인간의 존엄성을 잃지 않으려고 노력한 것으로 유명하다. 레비는 물이 아무리 더러워도 아침마다 꼭 세수를 했고, 즐겨 《신곡》을 암송하고 노래를 불렀고, 동료 수감자에게서 외국어를 배우려고 했다. 프랭클 역시 즐겨 노래를 부르고 시를 암송했고, 유머를 잃지 않으려고 노력했다), 저자는 안네와 같은 나이인 열다섯 살 때 수용소로 끌려가 1년간 온갖 고초를 겪고 극적으로 살아남았다. 이 책은 어린아이의 눈에 비친 수용소의 참상을 다루었다는 점에서 레비나 프랭클의 책과도 다르고, 안네의 《일기》와도 다르다. 이 책을 한번 읽어보아야 할 이유가 바로 여기에 있다.

저자는 독일군이 자신의 고향 마을 시게트를 점령하면서 운명의 장난이 시작된 때부터 독일군의 패배로 수용소가 해방될 때까지 아우슈비츠 수용소, 부나 수용소, 부헨발트 수용소에서 겪은 일과 이송 도중에 겪은 일을 섬뜩할 만큼 사실적으로 그려냈다. 그러면서도 단순히 나치의 만행을 적나라하게 폭로하는 데 그치지 않고 인간 존재의 심연을 들추어 가끔 눈시울을 적시며 책장을 덮게 만든다.

나는 이 책을 번역하면서 인간이란 무엇인가, 신은 존재할까, 인간이 나무보다 나은 게 무엇일까 하는 문제를 여러 번 곱씹어보았다. 같은 인간인데도 가해자와 피해자는 하늘과 땅만큼 달랐고, 심지어 같은 피해자끼리도 하늘과 땅만큼 달랐다. 자신이 대열에서 뒤처지는 것을 보고도 모른 체한 아들을 찾아내려고 안간힘을 쓰는 아버지가 있는가 하면, 아들에게 주려고 빵 조각 하나를 품에 숨긴 아버지를 덮쳐 둘 다 죽음으로 몰고 가는 아들도 있다. 같은 피해자면서 금니나 신발 하나에 눈이 어두워 다른 피해자를 못살게 구는 사람이 있는가 하면, 희생자를 한 사람이라도 줄이려고 고문을 당하면서도 끝끝내 입을 열지 않는 사람도 있다.

살 타는 냄새가 진동하는데도 꽃이 무심히 피어 있고 살을 태운 연기가 하늘을 뒤덮는데도 하늘에 저녁놀이 붉게 물든다는 것은 무엇을 말하는 것일까? 똑같은 극한상황에서 가해자보다 더 피해자를 못살게 군 피해자가 있는가 하면 남을 도와줄 수 있는 데까지 도와준 피해자가 있었다는 것은 무엇을 말하는 것일까? 사람을 짐승으로 만들어놓고 온갖 몹쓸 짓을 한 사람이 종전 후 버젓이 거리를 활보하는데도 생지옥에서 살아남은 사람이 동료와 함께 죽지 못했다고 양심의 가책을 받는 것은 무엇을 말하는 것일까? 과연 신의 뜻은 어디에 있는 것일까? 공자는 나이 오십에 천명을 알았다고 하건만 나는 여전히 신이 있는지 없는지조차 알지 못한다.

나름대로 충실히 번역한다고 했으나 저자와 독자에게 누를 끼치지 않을까 하는 의구심을 떨칠 수 없다. 짧은 문장이 많아 우리말 주어를 매끄럽게 살리지 못한 점이 특히 아쉽다. 이 책이 독자 여러분에게 인간 존재의 본질을 한 번 더 음미해보는 계기가 되어주기를 바랄 뿐이다. 이 책이 우리말 빛을 보도록 여러모로 애써주신 위즈덤하우스 여러분께 감사드린다.

2007년 하지

김하락

나이트

초판 1쇄 발행 2007년 6월 20일
초판 15쇄 발행 2022년 10월 6일
개정판 1쇄 발행 2023년 9월 27일
개정판 2쇄 발행 2024년 4월 24일

지은이 엘리 위젤
옮긴이 김하락
펴낸이 최순영

출판2 본부장 박태근
스토리 독자 팀장 김소연
편집 곽선희
디자인 김준영
표지 일러스트 이정호

펴낸곳 ㈜위즈덤하우스 **출판등록** 2000년 5월 23일 제13-1071호
주소 서울특별시 마포구 양화로 19 합정오피스빌딩 17층
전화 02) 2179-5600 **홈페이지** www.wisdomhouse.co.kr

ISBN 979-11-6812-788-3 03860